共和国故事

不断探索

——中央对价格体制进行改革尝试

何 森 编写

吉林出版集团股份有限公司

图书在版编目（CIP）数据

不断探索：中央对价格体制进行改革尝试/何森编.——长春：吉林出版集团股份有限公司，2009.12
（共和国故事）
ISBN 978-7-5463-1928-5

Ⅰ.①不… Ⅱ.①何… Ⅲ.①纪实文学－中国－当代 Ⅳ.①I25

中国版本图书馆 CIP 数据核字（2009）第 237680 号

不断探索——中央对价格体制进行改革尝试

BU DUAN TANSUO　　ZHONGYANG DUI JIAGE TIZHI JINXING GAIGE CHANGSHI

编写　何森
责任编辑　祖航　黄群
出版发行　吉林出版集团股份有限公司
印刷　三河市嵩川印刷有限公司

版次　2010 年 1 月第 1 版	2022 年 1 月第 10 次印刷
开本　710mm×1000mm　1/16	印张　8　字数　69 千
书号　ISBN 978-7-5463-1928-5	定价　29.80 元

社址　吉林省长春市福祉大路 5788 号
电话　0431-81629968
电子邮箱　tuzi8818@126.com
版权所有　翻印必究
如有印装质量问题，请寄本社退换

前　言

自1949年10月1日中华人民共和国成立至今，新中国已走过了60年的风雨历程。历史是一面镜子，我们可以从多视角、多侧面对其进行解读。然而有一点是可以肯定的，那就是，半个多世纪以来，在中国共产党的领导下，中国的政治、经济、军事、外交、文化、教育、科技、社会、民生等领域，都发生了深刻的变化，中国人民站起来了，中华民族已屹立于世界民族之林。

60年是短暂的，但这60年带给中国的却是极不平凡的。60年的神州大地经历了沧桑巨变。从开国大典到60年国庆盛典，从经济战线上的三大战役到经济总量居世界第三位，从对农业、手工业、资本主义工商业的三大改造到社会主义市场经济体制的基本确立，从宜将剩勇追穷寇到建立了强大的国防军，从废除一切不平等条约到独立自主的和平外交政策，从"双百"方针到体制改革后的文化事业欣欣向荣，从扫除文盲到实施科教兴国战略建设新型国家，从翻身解放到实现小康社会，凡此种种，中国人民在每个领域无不留下发展的足迹，写就不朽的诗篇。

60年的时间在历史的长河中可谓沧海一粟。其间究竟发生了些什么，怎样发生的，过程怎样，结果如何，却非人人都清楚知道的。对此，亲身经历者或可鲜活如昨，但对后来者来说却可能只是一个概念,对某段历史的记忆影像或不存在,或是模糊的。基于此,为了让年轻人,特别是青少年永远铭记共和国这段不朽的历史,我们推出了这套《共和国故事》。

《共和国故事》虽为故事,但却与戏说无关,我们不过是想借助通俗、富于感染力的文字记录这段历史。在丛书的谋篇布局上,我们尽量选取各个时代具有代表性或深具普遍意义的若干事件加以叙述,使其能反映共和国发展的全景和脉络。为了使题目的设置不至于因大而空,我们着眼于每一重大历史事件的缘起、过程、结局、时间、地点、人物等,抓住点滴和些许小事,力求通透。

历史是复杂的,事态的发展因素也是多方面的。由于叙述者的视角、文化构成不同,对事件的认知或有不足,但这不会影响我们对整个历史事件的判断和思考,至于它能否清晰地表达出我们编辑这套书的本意,那只能交给读者去评判了。

这套丛书可谓是一部书写红色记忆的读物,它对于了解共和国的历史、中国共产党的英明领导和中国人民的伟大实践都是不可或缺的。同时,这套丛书又是一套普及性读物,既针对重点阅读人群,也适宜在全民中推广。相信它必将在我国开展的全民阅读活动中发挥大的作用,成为装备中小学图书馆、农家书屋、社区书屋、机关及企事业单位职工图书室、连队图书室等的重点选择对象。

编　者
2010 年 1 月

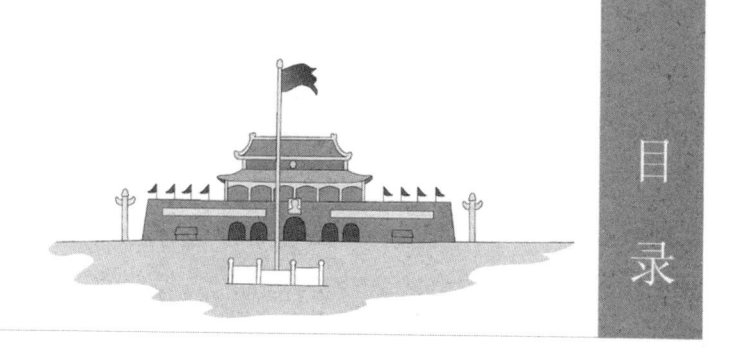

一、大胆突破

中央提出物价改革战略/002

农产品价格改革率先开始/007

各地积极制止物价上涨/013

国家开始实行价格双轨制/022

在小范围实施价格改革战略/026

二、勇闯难关

邓小平提出价格要闯关/034

价格闯关初次遭遇挫折/038

中央采取措施制止物价上涨/046

各地采取措施制止物价上涨/050

全国各地物价开始回落/060

三、全面突破

中央提出建立市场经济体系/064

全国粮食价格逐步放开/068

农副品价格开始全面放开/072

广州价格改革率先取得成功/081

中央成功制止物价上涨/084

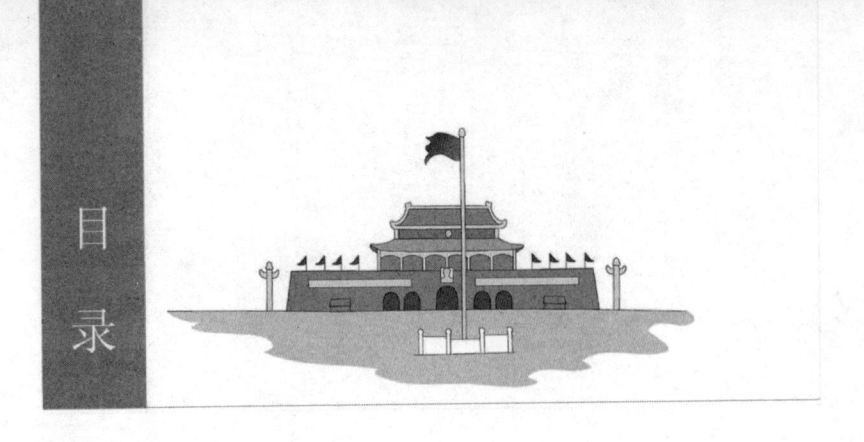

四、逐步完善

江泽民签署颁布《价格法》/092

价格改革开始走上正轨/095

价格听证制度进入中国/099

各地纷纷举行价格听证/103

垄断行业实行价格改革/111

一、大胆突破

- 菜农说:"种菜不如捞虾,捞虾不如拉沙。"

- 卖肉小贩张涛说:"我们这个市场真邪门,一涨价,立刻物价部门人就过来。"

- 张劲夫回到北京后就说,双轨制、放调结合这个思路好。

中央提出物价改革战略

1977年,中国的经济社会发展到一个重要的关口,求变思想开始在各个领域不断发展。

这年4月,国家计划委员会向中共中央、国务院提出关于成立国家物价总局的报告。

很快,3个多月后,国务院就批准了成立国家物价总局的报告,并同意在全国所有县以上各级政府、相关政府部门、工厂、商店建立物价管理、定价机构,配备定价人员,形成覆盖全国,从中央到工厂、商店的物价管理和定价系统。

国务院如此迅速地作出成立一个总局的决定,在当时是有原因的。

原来,在20世纪70年代,由于资本主义世界发生了经济危机,以及石油等原材料价格的不断上涨,很多国家都发生了商品价格飞涨现象,一些国家还因价格上涨而引发了政治危机。

在国内,由于中国实行的是政府定价,所以国际价格上涨对国内商品价格的影响不是太明显。

但是,国内价格管理上却存在过混乱的局面。自1970年全国物价委员会撤销后,全国物价管理工作并入国家计划委员会。到1977年,全国三分之一以上县无物价管理机构和人员，企业物价不由企业内部人员管理。

随着我国经济的发展，特别是工农业产品成本不断发生变化，新产品日益增多，实行计划价格的范围逐步增大。

在这种情况下，国务院及有关部门意识到，成立专门的价格管理机构，已经是势在必行。

因此，当国家计划委员会提出成立物价总局后，国务院立即予以批准。

物价总局成立后，它的重要作用是以合理定价、严格管理为基础，建立合理的价格体系。因此，国家物价总局的成立，为我国价格体制改革拉开了序幕。

1978年12月，十一届三中全会决定从1979年起，将全党工作重点转移到社会主义现代化建设上来。

在此背景下，在全国建立起合理价格体系，以刺激生产、促进发展、理顺各方面关系，成为经济领域改革的一个迫切要求。

为此，国务院对国家物价总局的管理能力，从多方面进行了加强。

1981年6月，国务院将国家物价总局从原国家计委中独立出来，直属国务院领导。

独立出来后，物价总局增加了人员编制，加强了内部机构，并随后改名为国家物价局。

同年7月，国务院又成立了国务院价格研究中心，负责研究、测算理论价格，提出价格改革总体方案。

为进一步加强对建立合理价格体系的领导，加强协调能力，国务院决定成立国务院领导小组，以领导全国物价改革。

1983年3月，国务院发出了《国务院关于成立国务院物价小组的通知》（以下简称《通知》）。《通知》指出：

> 为了加强对物价工作的统筹规划，在保持物价基本稳定的前提下，有步骤地改革价格体系和价格管理办法，调整若干不利于发展生产和商品流通急需改进的价格结构，以利于经济体制改革工作的进行，决定成立国务院物价小组……
>
> 物价小组的主要任务是：（一）研究物价改革的长期规划；（二）提出生产和流通部门价格改革、调整的建议；（三）组织、协商价格调整方案的执行。物价小组下设精干的办公室（不超过10人），并依托国家物价局负责处理日常工作。

新成立的国务院物价小组，由国务委员张劲夫同志任组长，宋劭文同志任副组长。

物价小组是一个跨部门的领导机构，国家计委、国家经委、商业部、财政部、国务院经济研究中心、国家工商行政管理局、国家物价局等有关部门的负责同志都参加了该小组。

物价小组对国务院负责，负责领导、协调全国价格改革工作。

在完善物价改革领导机构的同时，关于物价改革的法律政策也在抓紧制定和落实之中。

1980年4月8日，中共中央、国务院发出《关于加强物价管理，坚决制止乱涨价和变相涨价的通知》。

同年12月7日，国务院又发出《关于严格控制物价、整顿议价的通知》。

1982年1月8日，国务院再次发出《关于坚决稳定市场物价的通知》。

1983年7月26日，国务院颁布《关于制止乱涨生活资料价格的若干规定》等行政法规，对物价进行了行政干预，以保障市场物价的基本稳定。

和以上4个文件的发布相比，《物价管理暂行条例》的颁布，则是价格改革的一个重要事件。

《物价管理暂行条例》（以下简称《条例》）由国务院于1982年7月7日通过，并于8月6日颁布执行。

该《条例》共7章41条，是中华人民共和国第一部比较完整和系统的物价管理法规，是处理经济活动中价格关系的重要准则，该《条例》规定了下述几方面的关系：

一、在坚持市场物价基本稳定的同时，有计划地对物价逐步进行合理调整。二、在价格的制定与管理方面，坚持以计划经济为主、市场调节为辅。三、在维护国家整体利益的前提下，兼顾生产者、经营者和消费者的经济利益，正确处理中央同地方之间、地区之间、部门之间以及企业之间的关系。四、物价管理体制是实行统一领导、分级管理。

同时，该《条例》还对违反规定的行为，根据不同性质和情节规定了相应的惩处。

随着物价领导机构的成立和物价法律法规的颁布，一整套包括研究、决策、具体实施的机构体系和政策体系建立了起来。

于是，一个以理论价格计算为基础，以政府对各种产品合理定价为指导，以建立合理的价格体系为目的的价格改革由此开始。

农产品价格改革率先开始

1978年，随着各地农村责任制的实行，全国各地粮食产量大幅度增加，其他农副产品也连续增产。

当时，广大农民手里有了余粮。而当时的体制是购销体制，在这种体制下，商品难以自由流通，价格由政府说了算，市场非常不活跃。

因此，广大农民迫切希望改变当时的购销体制，实现商品自由流通。

1978年底，党的十一届三中全会拉开了中国经济体制改革的序幕。

在这次会议上，中央决定1979年大幅度提高粮食等主要农副产品收购价格，会议决定：

> 建议国务院作出决定，粮食统购价格从1979年夏粮上市的时候起提高20%，超购部分在这个基础上再加价50%，棉花、油料、糖料、畜产品、水产品、林产品等农副产品的收购价格也要分别情况，逐步作相应的提高。农业机械、化肥、农药、农用塑料等农用工业品的出厂价格和销售价格，在降低成本的基础上，在1979年和1980年降低10%到15%，把降低成

本的好处基本上给农民。

1979年,《中共中央关于加快农业发展若干问题的决定（草案）》提出,家庭副业和集市贸易是社会主义经济的必要补充部分。

这是中央首次明确肯定自留地、家庭副业和集市贸易存在的合法性。

中央承认集贸市场的合法存在,以及提高部门农产品价格,这一系列信号,标志着中国价格改革从农产品领域率先开始了。

而在此之前,我国物价由政府"一价定终身",价格只是个核算符号,不反映供求关系和产品价值,大到家电小到油盐,都需凭票购买。

此时的商品价格不仅不能使生产者盈利,甚至还使一些人亏本,其中以农产品最为明显。

1978年,我国稻谷、小麦等6种粮食每担收购均价11.28元,而生产成本是11.14元。其中,小麦每担亏0.81元,玉米亏1.46元。

由于价格政策还没有放开,1979年,中央提出提高部门农产品价格后,各地农产品价格虽然有所提高,但仍然维持在较低水平,这大大影响了农民的生产积极性。

在这种情况下,很多农民,尤其是城市郊区农民,对种粮、种菜的兴趣都不大,这在特区深圳表现较为明显。

当时，作为特区，深圳农民对种粮的看法就代表了当时全国农民对种粮的态度，而特区政府采取的政策更为我国价格改革提供了重要经验。

20 世纪 80 年代初，随着深圳建设规模的不断扩大，建设者从全国各地大量拥入特区。

一时间，特区人口从原来的 2 万多人剧增至 30 多万人。

人口的增多，很自然带来了特区蔬菜、肉食供应的空前紧张。

而时任市政府副秘书长、财贸办主任的李定管的就是蔬菜肉食供应工作，面对农副产品紧张的情况，李定非常着急。

然而，李定通过调查才发现，在当时，国家定价 1 公斤青菜 1 毛钱，但当时种菜成本 1 公斤需要 6 毛至 8 毛钱。

因此，深圳的农民种了菜，不愿在当地卖，而是到香港卖高价，这才导致深圳蔬菜供应紧张。

看到市民吃不上新鲜蔬菜，当时的深圳市委领导很是上火，便指示李定等人组织多一点农民到深圳种菜，以增加蔬菜供应。

于是，在李定的推动下，深圳财贸办向汕头求援，调来 5000 名菜农种菜。

两个月过后，5000 名菜农全跑了，因为亏本，做不下去。菜农说："种菜不如捞虾，捞虾不如拉沙。"

于是，这些本该种菜的农民都改行到河边、山边拉沙石或做了别的行当。

没办法，特区财贸办又找湛江、高州等地农民来深圳种菜，结果同样如此。

这些湛江、高州等地来的菜农，要么高价把菜卖到香港，要么就改行，就是不把菜卖给特区的收购单位。

为此，李定提出，菜农种菜亏本肯定不干。

于是，特区就实行财政补贴，但补了不长时间，原本就底子微薄的财政部门挺不住了。

面对困境，李定和市副食品总公司的廖汉标极力主张提高菜价，认为这样才能根本解决蔬菜供应难题。

但是，提高菜价可不比提高荔枝收购价。当时，国家对粮食、农副产品价格的管理还是比较严的，私自改变是要承担一定风险的。

特区领导一时很难下决心。

后来，实在没有办法，特区领导才同意先试一下。

这一试，青菜一下涨到了8毛钱1公斤，过不了几天又飙升到2.4元1公斤。

菜价一路狂飙，市民不满意了，一时间怨声载道。

那段时间，李定每天早上6点多钟就骑着自行车到市场上看菜多不多，看菜价有多高。

群众意见太大，特区领导也很着急，感觉压力很大，有点顶不住了，准备开会研究限制菜价。

但会还没开，蔬菜降价的消息传来了：菜价1公斤从 2.4 元降到 1.6 元，又降到四五毛钱。

大家又惊又喜，后来大家才明白，这是市场经济规律在起作用：菜价放开了，种菜的人多了起来，广州、东莞、惠阳等地的菜农也把菜运到深圳来卖。

所谓"快马赶不上青菜行"，有了竞争，菜价自然就降了。

深圳对农产品价格的改革是成功的，它的成功激励了中国价格改革的进一步深入。

而对农产品价格改革起重大推动作用的，还是统购统销的终止。

1982 年初，国务院发出的《关于实行粮食征购、销售、调拨包干一定三年的通知》，《通知》明确提出：

生产队、组、户在完成征购任务后，有权自行处理多余的粮食。

1983 年 1 月，中共中央发出的《当前农村经济政策的若干问题》，即 1983 年中央一号文件规定：

对农民完成统购派购任务后的产品和非统购派购产品，应当允许多渠道经营。

有了这些政策，农民在完成国家规定的任务后，大量的余粮就可以自行拿到集市上出售。

从此，城镇居民除了可以购买购销粮外，还可以从市场上根据自己的需要购买商品粮。

1985年1月1日，中共中央、国务院颁发《关于进一步活跃农村经济的十项政策》，决定从当年起，不再向农民下达农产品统购派购任务，按照不同情况，分别实行合同定购和市场收购。

至此，持续32年之久的统购统销政策废止了。

农产品购销体制调整和改革后，农民可以对农产品实行自由买卖，价格也可以根据成本自由选择，这极大地调动了工农、工商的生产、销售积极性，它还使工农产品增加，市场供应改善，产销关系密切。

同时，农产品价格的变动，也开始引起工业领域产品价格体制的变化，这为价格体制的全面放开提供了条件。

各地积极制止物价上涨

1980年4月8日,中共中央、国务院下发《关于加强物价管理,坚决制止乱涨价和变相涨价的通知》,《通知》要求各地要解决好制止涨价的问题。

原来,在商业体制改革日益深入的情况下,各类经济体有了一定的价格自主权。于是,沉寂了多年的价格市场,开始波动起来,包括农产品在内的很多商品价格都开始上涨起来。

价格的快速上涨,虽然有一定的合理性,但它一下子也打破了城市人的生活节奏,吃的穿的都贵了起来,很多城市人一下子感到生活紧张了起来。

同时,原材料价格的上涨,也给一些企业,特别是本来就经营困难的国有企业带来了冲击。

因此,在这种情况下,控制物价成了各地的呼声。在中央提出控制物价后,各地开始积极行动起来,采取多种措施,控制物价的快速上涨。

在黑龙江,从1980年5月份开始,该省的物价检查工作,已经收到显著效果。

在该省实施物价检查工作中,各地都组织了由地、市、县领导干部参加的物价检查领导小组,对检查出的问题进行了及时处理。

在检查中有关部门对严重擅自提价、短斤少两的单位和有关人员，除令其检查认错外，还采取了各种经济制裁的措施。

当时，鸡西市鸡冠区合作一商店两名卖肉营业员，经常擅自将二等猪肉提为一等出售，非法多收群众几十元。

检查人员发现后，立即责成有关部门对这两名营业员罚款，并将多收部分收缴地方财政部门。

通过物价大检查，黑龙江全省绝大部分市、县都恢复了物价机构，加强物价机构和充实物价人员。

一些地区还制定了基层商店的物价管理试行办法，许多商店还做到有货有牌，明码实价，以便群众检查监督。

在天津，大规模的价格检查也取得了不错的效果。

检查中，对于严重存在的降低质量、短斤少两、变相涨价的现象，有关部门大力着手纠正。

同时，有关部门还对存在这些问题的商店进行了教育。

这些商店负责人也作了认真的检查，并立即校正了衡器，有的商店还设立了公平秤，做到秤平、提满、包包分量足。

天津市在物价检查中，还注意把批评教育，必要的经济、纪律处分和表扬、鼓励结合起来。对于严重违反物价政策和物价纪律的单位，有关部门立即进行调查处理。

在商业比较发达的浙江省温州市，在价格检查中，有关部门对本市8个违反物价政策的单位作了处理：非法获得的利润一律上缴财政，对有关人员视其情节轻重给予制裁。

当时，温州市肉联厂所属的3个门市部，从1980年2月份以后，先后平价购进生熟猪肉、猪脚等共计1.2万多公斤，然后以高价出售，牟取非法利润高达2400多元。

烟糖公司第三商店，以批发价格购进50度白酒1.5万多公斤、55度白酒0.95万多公斤。

按规定，这两批白酒零售价格应为每公斤1.52元和2.50元，该店擅自提价为1.84元和2.80元，共获得非法收入7000元。

温州啤酒厂，自行销售瓶装啤酒46万多瓶，多收货款9500多元。

温州粮食果酒厂，将按牌价供应给该厂作原料的粮食抬价卖，共计3万公斤，牟取暴利1万多元。

对此，中共温州市委作出决定，上述单位的非法利润全部上缴财政。同时，市肉联厂的3个门市部等单位的有关人员扣发1至3个月的奖金。

对于温州粮食果酒厂明目张胆地破坏粮食政策，中共温州市委则责令其停产整顿，直接让对此事负责的副厂长停职检查，在停职检查期间，扣发工资50%。

在工业城市辽宁鞍山，该市根据群众和人民代表意见，由市人大常委会、市人民政府、市政协联合组成物价检查团，对一些擅自提价和变相涨价的商店进行了检查并作了严肃处理。

这次检查是在1980年10月6日到11月20日进行的。被检查的有65个单位，商品有鱼、菜、豆制品、饮食、服装、鞋帽等品种。

检查中，物价检查团发现，这些单位普遍存在乱涨价和变相涨价的问题。

如鞍山市果品公司青年综合商店从广东购进430块进口手表，以高出国营牌价50%以上的价格出售了237块，牟取非法利润。

发现问题后，鞍山市对检查出来的违反物价政策的单位和个人，按情节轻重作了严肃处理。

其中在全市通报批评的有41个单位，采取经济制裁的有19个单位，有30个商店经理和营业员受到停发奖金或罚款的处分。

接着，鞍山市人民政府又制定了《鞍山市物价管理暂行条例》。同时，全市4个区31个街道办事处都成立了义务物价检查领导小组。

首都北京在控制物价时，采用了多项举措，取得了不错的效果。

1980年12月，北京市人民政府召开了全市各区、县、局主要负责人和主管物价的领导干部会议。

会议要求，各级政府和各有关部门要迅速行动起来，采取切实措施，坚决地认真地贯彻执行国务院《关于严格控制物价、整顿议价的通知》。

同时，会上还提出了严格控制物价、整顿议价的 10 项要求和措施。其中包括：

> 凡由国家规定牌价的工农业商品，都必须执行国家规定的零售牌价，现行零售价高于国家规定牌价的，要立即降下来。

> 各单位都要将自己所经营的议价商品品种和 1980 年 12 月 7 日的价格，如实登记，报上级主管部门，进行整顿。

> 蔬菜的零售价格，必须按照上年的同期价格掌握，不许采用次菜卖高价或超牌价出售等非法手段变相涨价。凡是应该向商业部门交售的商品菜，农业生产单位一律不得私销、私分，其他任何部门和个人不得到社队自行采购。

> 要立即发动群众，采取专业检查与群众监督相结合的办法，开展物价大检查。检查的重点是：有国家牌价的商品是否执行了国家牌价，是否有变相涨价的行为；议价商品的价格和范围。检查出的问题，必须严肃处理。

> 所有单位都不得用抬高物价以及其他各种不正当的手段增加盈利，发放奖金，损害国家

和群众的利益。

会议结束后,北京有关部门按照会议精神,开始对该市价格进行了大检查。

在执行检查工作中,北京有关部门意识到,物价关联千家万户,关联每个人每天的生活。谁执行物价政策,谁违反物价政策,谁擅自提价、变相涨价,广大消费者最清楚。

为此,北京有关部门及时促成建立群众性监督物价小组,对稳定物价进行监督。

群众物价检查员都是兼职的,他们的主要任务是揭发问题,反映群众的意见和呼声,解决问题则靠各主管部门。

家住天坛南门的徐国强老汉就是一名物价检查员,每天清晨,当菜市场还没开门时,徐国强老汉就提着一杆秤出门了。

他首先来到天坛西南不远的一个菜市场,这里的菜市场开门比较早,因此,徐国强每天总是首先来到这家市场,开始自己的检查工作。

一开始,徐国强老汉来到市场后,就去问销售人员各类商品的价格,并把价格和自己掌握的政府价格相对照,发现有涨价的,他就立即向物价部门汇报。

几次以后,整个市场的销售人员都知道徐国强是个"特务"了,就不再告诉他价格。还有的人干脆告诉徐国强一个假的价格。

面对"狡猾"的销售人员，徐国强也真像"特务"那样，搞起了明察暗访。

他首先联系了几个以前就认识的老朋友，让这些人替自己摸清各个摊位的价格。

这些老朋友、老熟人就是附近的居民，他们每天也到这个市场买菜，所以搞清价格对他们来说非常容易。

就这样，有这些老朋友的"汇报"，每天徐国强一来市场，就把市场的价格情况了解得一清二楚。

哪家敢违反政策，私自涨价，徐国强就及时与物价部门联系，对私自涨价的商场进行及时处罚。

一段时间以来，只要有人涨价，当天就会被物价部门发现。

销售人员感觉很奇怪，每天都感觉有无数双眼睛盯着价格。一个叫张涛的卖肉小贩说："我们这个市场真邪门，一涨价，立刻物价部门的人再过来。"

于是，他们再也不敢私自涨价了。

像徐国强这样的物价检查员，在北京还有很多，靠着他们，北京的物价上涨情况有所好转。

就这样，靠专业检查与群众检查相结合，国务院关于严格控制物价、整顿议价的通知，在北京得到了认真的贯彻执行。

除了对涨价及变相涨价进行打击外，奖励的手段也是各地稳定物价的一个重要措施。

1980年底，辽宁省的沈阳、鞍山、抚顺、丹东、锦州等9个市分别召开了表彰大会，对严格执行物价政策、认真维护消费者利益的500多个先进单位和700名先进个人，进行了表扬和奖励。

1980年10月，在河南某市，在市委、市政府的组织下，该市对当时市里表现较好的商场进行了奖励。

在此次奖励活动中，全市共有19家单位获奖，87位销售人员也得到了奖励。

更让销售人员高兴的是，还有10多位销售人员，因坚持不涨价，薄利多销，被提了干。

当时，全国各地都积极开展了表彰活动，这些受到表彰的单位有工交、基建、商业、供销、修理服务、公用事业以及机关、团体等。

被表彰的先进个人有基层单位的负责人、财会人员、营业员、专职或兼职的物价员。

这些受到表彰的单位和个人，都在各自岗位上严格执行物价政策和纪律，认真维护消费者利益，千方百计地加强物价管理，受到群众的称赞。

当时，锦州剪刀厂虽然有些原材料和燃料提了价，但为了不增加消费者的经济负担，他们就发动职工努力提高产品质量，降低生产成本，使民用剪刀和菜刀的出厂价格分别下调了2.7%到11.9%。

抚顺市东三路副食品商店结合经营的商品特点，建立了物价台账、物价员职责、明码标价、群众监督、衡器检验等规章制度，实行了岗位责任制，形成一个物价管理网，使物价管理基本做到制度化和经常化。

同时，一些饮食服务单位从加强经营管理入手，坚持薄利多销，便利了顾客，增加了营业额。

各地在表彰先进单位和个人的同时，还认真推广他们的经验，从而提高了各地物价管理水平。

在推行价格改革之初，各地积极为稳定物价采取了不少措施，也取得了不错的成绩，这为价格的逐步放开提供了一个良好的过渡环境。

国家开始实行价格双轨制

1979年7月,在提高农产品收购价格的同时,国家开始允许生产资料类电子产品生产企业在国家允许幅度内自主定价。

随后,很多工业品实行浮动价格管理制度。

1981年,国家允许在完成计划的前提下企业自销部分产品,其价格由市场决定,并实行国家指令性计划的产品按国家规定价格统一调拨,企业自行销售的产品的价格根据市场所决定的双轨制。

所谓双轨制,就是"市场轨"和"计划轨"并行,一种物资两种价格,市场价高于计划价,计划分配的比例逐步缩小,市场销售的份额逐步扩大。

双轨制既避免了价格一次性放开给经济带来的巨大冲击,又延续了市场改革的精神,受到了国务院主管领导的首肯,从此成为价格改革的主导政策。

当然,双轨制的系统提出,还有一个过程。

1984年,《经济时报》、《中国青年报》等媒体以文选人,从1300多名应征者中挑出124名中青年经济工作者,抱着"以学术讨论开始、以政策建议结束"的雄心,召开"第一届中青年经济学家会议",又被称为莫干山会议。

参加此次会议的大多是二三十岁的年轻人，其中不少还是在校研究生，如正在西北大学读书的张维迎和正在中国社科院上学的华生等。

会议的组织者起了很重要的作用，核心人物王岐山当时在中央农村政研室工作，参会的马凯、李剑阁、田源等人当时都在政府重要部门工作。

此时的中国经济，实物色彩很浓，城市的食品和基本消费品实行着配给制。国企部门非常庞大，普遍实行着对生产资料的价格管制，甚至火柴涨价1分钱，都要由国务院讨论和批准。

因此，改动任何一个产品的价格，都要触及太多的部门利益和经济体制。

为了筹备这个会议，筹备组在当年3月份就以征文的形式开始筹备，并引起了国内经济学界的广泛关注。

会议的筹备组共收到应征论文1300多篇，他们坚持在选拔过程中不讲关系、不讲学历、不讲职业、不讲名气，代表入选资格一律凭论文水平确定。

会议开始后，在美丽的杭州，学者们不看电影，不游山玩水，专心讨论中国经济问题。

当时，按照讨论对象不同，会议分为农村改革、金融改革、股份制、价格改革等7个组。

但是，由于价格改革迫在眉睫，价格组的讨论从一开始就很激烈，最初形成了"调"和"放"两种意见。

会议期间，国务委员兼国家经济委员会主任张劲夫正好到杭州。

于是，会议组织了几个代表前去汇报，让华生代表价格组。

据华生后来回忆：

张劲夫问了我很多问题：怎么放，怎么调，能达到什么效果等等。

我给他比画了一个手势，内调价格是国家提价，计划价格是向上；而外部价格放开之后，受高价刺激，生产增加，市场价格会向下，这两个价格最后会统一，最后过渡到单轨。

他又问过渡期大概多长？我说大概四到五年。

张劲夫回到北京后就说，双轨制、放调结合这个思路好。

会议结束后，王岐山点将国家体改委的同志牵头写总报告，并要求价格改革专题在综述汇报之外，再把几种不同的观点单独成文，作为附件。

最后，由徐景安把价格改革归纳为两种思路，一种是"放调结合以调为主"，一种是"放调结合先放后调"。

于是，一份名为《价格改革的两种思路》的报告摆在了国务院领导的办公桌上。

没过几天，报告就得到了张劲夫的批复。张劲夫批复道：

> 莫干山会议关于价格改革的两条思路非常重要，应当高度重视。

1985年1月，国务院发文，取消了工业品生产资料超产部分最多只能加价20%的限制。这意味着，双轨制全面铺开。

至此，历史将双轨制从舞台一隅推向了中央。

价格双轨制虽然也存在一些问题，在1988年以后逐渐被叫停。但在当时的情况下，它是实现中国价格模式转换的一种很好的过渡形式。

价格双轨制开辟了在紧张经济环境里进行生产资料价格改革的道路，推动了价格形成机制的转换，把市场机制逐步引入了国营大中型企业的生产与交换中，促进了主要工业生产资料生产的迅速发展。

在小范围实施价格改革战略

1985年初，国务院决定合同定购以外粮食、棉花，价格可以随行就市，国家只在必要时实行最高限价和最低保护价。

随后，中央又同意放开了猪肉购销价格，实行有指导的议购议销。同时，牛羊肉、蛋类、禽类、蔬菜、水产品等鲜活商品价格也逐渐放开，实行议购议销。

实行有指导的议购议销后，各地的市场逐渐呈现出繁华景象。

1985年春节，是实行有指导的议购议销后的第一个春节。河北省会石家庄市国营商业部门，积极参与市场调节，使春节供应货源充足，物价比较稳定，有些商品稳中有降，群众基本满意。

当时，为了方便群众采购节日商品，在议购议销的激励下，许多国营商业门市部延长了营业时间，并在农贸市场和居民集中的地方增设了销售摊点。

国营商业的此举，平抑了物价，使农贸市场上的猪肉、鸡蛋等的价格每斤下跌二毛至三毛。

同时，市场上紧俏的牛羊肉，自1984年冬以来每公斤一直保持3.4元左右，人们曾担心春节前可能会涨价，但由于商业部门为节日安排了65万公斤牛羊肉，比1984

年增加了 3 倍，牛羊肉价格不仅未涨，反而略有下降。

实行价格放开后，福建泉州的市场变化也很能说明价格放开的好处。

1985 年，福建省泉州市响应国家政策，取消猪、禽、蛋统购派购，全部实行议购议销。

当时，在实施价格改革时，该市食品公司认为，扶持生产，增加货源，是平抑物价的根本之计。

为此，他们把原来统购派购的倒挂差额补贴款 300 多万元，拿出三分之一用于组织货源、参与市场平抑物价和扶持猪、禽、蛋专业户、联合体发展生产。

这样一来，当年一二月份全市猪、禽、蛋供应充足，物价平稳，有的还稳中有降。

泉州市食品公司在价格改革后，也采取了有效的应对措施。

当时，该食品公司对猪、禽、蛋放开经营后，摆脱了过去收发票证等烦琐工作，可以集中力量组织货源、平抑市场物价。

1985 年春节和元宵佳节期间，泉州市食品公司从外地调进 3000 头生猪，12 万公斤蛋品，数万只鸡。

由于货源比较充足，市场上猪肉价格绝大多数时间没超过公司的挂牌价格，鸡鸭价格与上年同期持平，蛋品价格还比去年同期下降了 20%。

在保证货源的同时，泉州市食品公司还努力扩大经营项目，搞活基层门市部。

过去全市肉、禽、蛋供应由公司独家经营，市区只开辟4个门市部和少数销售点，这些门市部每天坐等公司调拨来货。

实施改革后，门市部和销售点均可到外地自行选购、自己屠宰和增加猪内脏及肉制品等供应。

有了自主权后，市区的销售点多起来了，到4月份，市区已增设了58个供应摊点。

同时，供销摊点还普遍延长了营业时间，改善了服务态度，生意越做越活，70%以上的销售摊点收入增加了。

为了扩大市场供应，泉州市还拨出专款、饲料扶持农村专业户、联合体发展猪、禽、蛋生产，并鼓励他们进城经商。

在这项政策的激励下，1985年春季，平均每天有300多个猪肉个体经销户和500多个禽、蛋个体户进入泉州市区，从而大大丰富了市场的供应。

价格放开带来变化的还有很多地区。当时，在政府放开价格后，山西省很多县食品公司在完成生猪上调任务之后，又大胆实行肉食供应议购议销，随行就市。

此项举措给山西市场带来了很大变化，仅两个月时间，每个县就平均向市场提供猪肉11.5万公斤，鲜鱼5万公斤。

有了充足的商品，山西市场的价格稳定了，居民也可以买到放心、低价的商品了。

在安徽阜阳市，以前，市场上因为商品不够销，销售人员着急，顾客更着急。

当时，市场的蔬菜及其他农产品非常不新鲜，然而就是那种不新鲜的蔬菜，也很难买到，因为农民不愿意来卖，而国营商店里货源又有限。

实行价格放开后，阜阳市场的各类农产品价格上升了，城郊农民知道情况后，纷纷把自己舍不得吃的蔬菜都运到城里去卖。

很快，在阜阳的市场上，蔬菜多了，价格也降下去了，阜阳市民也不为买菜着急了。

和农产品一样，实行价格放开后，阜阳市的商业部门也活跃起来。

当时，全市10多家大型"国"字号商场，在价格放开的推动下，积极利用各种关系，先后从广东、浙江等地调来大量商品。

有了充足的货源，价格也就平稳了。

一时间，阜阳的市场以"物品齐全、价格低廉"在皖北那一带出了名。

下辖的县及阜阳周边市的居民，都纷纷坐车到阜阳购物。

当然，价格放开以后，带来实惠最多的还是农民。蔬菜放开经营后，蔬菜随行就市、按质论价，品种结构自然得到调整，农民经济收入增加了。

1985年1月至8月，农民的收入比1984年同期增加了400多万元。

由于生产积极性高涨,因而全国生产基地不但未减少而且有所增加。

在四川成都,该市原有蔬菜生产基地3.1万亩,实行价格放开后,农民知道成都市里的菜价上涨了,就在自己承包的地里种上了各种蔬菜,到1985年底,该地的蔬菜种植面积增加到了3.3万亩。

张顺水是成都市郊的一个菜农,早在生产队时,张顺水就因给生产队种菜而出名。

实行土地承包后,张顺水本来希望在自己的承包地里全种上菜,但是当时成都市的菜价比较低,张顺水只好改种了其他农作物。

实行价格改革后,张顺水一次去菜市场发现菜价上涨了,张顺水高兴了,这下他这个菜农又有施展才能的机会了。

然而,地里的庄稼已经长得很高了,要种菜需要等到秋收以后,然后再长几个月,蔬菜才能上市。

这几个月是多么难熬啊,眼瞅着菜涨价,却没有菜卖,这真令人上火。

考虑了一夜,张顺水霍地坐起来:不等了,现在就把庄稼拔了,立刻种菜。

说干就干,第二天一大早,张顺水也没有和老婆商量,带着农具就到了田里。

一早晨,他就把地里长到很高的油菜全除掉了。

回去吃早饭时，张顺水对老婆说："吃完饭，别去串门了，下地种黄瓜。"

他老婆奇怪地说："种黄瓜，种哪里啊？"

张顺水说："就种在村后的那块地里。"

他老婆说："那地里油菜都长满了，黄瓜种哪啊？"

张顺水没有解释，只是说："你别管，我自有地方种。"

来到地里，张顺水的老婆傻眼了，满地的油菜都被人给犁平了，这可要损失不少钱啊。

张顺水的老婆张口就要骂谁干的，张顺水连忙笑着阻止了。

就这样，在他老婆的埋怨中，张顺水种起了黄瓜，老婆气得竟然不帮忙。

张顺水的邻居也纷纷说："老张头脑子出毛病了，把一尺多高的油菜犁掉，去种菜。"

几个月后，张顺水的黄瓜上市了，仅这一块地，张顺水就卖了800多元，比油菜多卖了300多元。

这下邻居们心服了，老婆也笑了。

面对收入的提高，张顺水夫妇决定，明年继续种菜，而且把全家的10多亩地，全种上菜。

在张顺水的带动下，当时，张顺水所在的村，100多户人家，第二年有70多户都种起了菜。

第二年年底，该村因为种菜获得丰收，全村收入提高了10多万元。

像张顺水这种利用价格上涨，选择种蔬菜的做法是在价格放开后，价值规律发挥作用的一个明显表现。

价格放开后，在价值规律的作用下，价格这个经济杠杆又活了，它可以自发地调节市场，调节资源分配，使市场向良性的方向发展。

张顺水他们顺势发了一笔财，也使市场上的商品更充足了，消费者再也不为买不到商品发愁了。

价格的初步放开，给市场带来了巨大变化，这给物价改革带来了希望。随后，物价改革进一步深入发展。

二、勇闯难关

● 邓小平说:"我总是告诉我的同志们不要怕冒风险,胆子还要再大一些。如果前怕狼后怕虎,那就走不了路。"

● 售货员问陈诚:"你到底要买啥啊?"

● 张经理却愁眉不展地说:"不是我们不收购,而是不敢收购。"

邓小平提出价格要闯关

1988年1月1日,时任国务院代总理的李鹏在全国政协茶话会上提出,在当年首先要认真抓好的3件大事中,第一件就是稳定经济和深化改革。

在此后的几个月中,国家对价格改革方案的施行工作不断推进。

2月27日,国务院批准国家体改委关于1988年深化经济体制改革的总体方案。在谈到其中的价格体制改革时,李鹏说道:

> 关于价格改革,1988年要在采取综合配套措施、控制物价总水平上升幅度、坚决制止乱涨价行为的同时,继续深入进行价格体系和价格管理体制的改革。

4月1日,经国务院批准,国家有关部门调高粮、油、糖等部分农产品的收购价格。

4月5日,国务院发出《关于试行主要副食品零售价格变动给职工适当补贴的通知》。根据"通知",列入补贴范围的品种限于肉、大路菜、鲜蛋和白糖4种,大中城市职工的补贴,原则上是把暗补改为明补。

1988年4月，七届人大顺利召开，政府换届后，邓小平于5月5日找新任总理李鹏谈话。

在谈话中，李鹏汇报了人大会上代表们反映最强烈的就是物价上涨和市场价格混乱问题。

听了李鹏的汇报后，邓小平当即表示，物价问题肯定要解决。

鉴于这时城市改革已经进行了3年多，随后，邓小平很快就明确提出，理顺物价，改革才能加快步伐。价格补贴使财政负担过重，所以，不解决物价问题就不能放下包袱，轻装前进。

5月19日，邓小平在接见外宾时首次公开强调他3年前的思想，说改革也要过五关斩六将，过价格这一关很不容易，要担很大风险，因此要大胆心细，发现问题就做调整。

邓小平强调说，物价改革非搞不可，要迎着风险，迎着困难上，十全十美的办法是没有的。

邓小平还说："我总是告诉我的同志们不要怕冒风险，胆子还要再大一些。如果前怕狼后怕虎，那就走不了路。"

由于整体规划、一举突破的思想几年来已经有了相当的思想基础和社会影响，批判双轨制腐败、力促立即并轨又占据了道德高地和成为压倒性的舆论，理论界和媒体很快把邓小平决心要过物价改革这一关的意见解读为毕其功为一役的改革整体攻关突破，出现了一片"过关有风险，关后是平川""此关早晚要过，迟过不如早过，长痛不如短痛"的造势呼声。

当时，《人民日报》发表评论员文章《改革有险阻，苦战能过关》。

文章指出：

> 中国的改革发展到今天，已经到了一个关键性阶段，到了非解决物价问题不可的时刻。物价改革是要冒风险的，改革过程中，某些人的利益暂时受到一些影响，最终总是会得到解决的。

文章还认为：较之过去来说，现在物价改革的条件是比较有利的，经过过去 9 年的改革，我国经济有很大发展，人民生活水平也有较大提高，对物价改革带来的波动有相当的承受能力。

在这种氛围中，中央随即决定在原定下半年进一步放开名烟酒价格的同时，重拾 1986 年的思路，制订一个大的物价工资总体改革规划。

5 月 30 日到 6 月 1 日，中央政治局召开了一个 3 天的全体会议，并请重点省市委书记列席，总题目是理顺价格，并决定由国务院抓紧制订具体方案，以便 8 月在北戴河召开中央工作会议，讨论拍板。

7 月 11 日，中央财经领导小组会议确定了一个 5 年理顺价格方案，前3年走大步，后2年微调，计划5年物价总计上升70%至90%。

7月15日，国务院举行第二次全体会议。李鹏在会议上指出：

> 要发展有计划的商品经济，物价改革这一关非过不可，但改革必须有计划有步骤地进行，不能打乱仗。

8月15日到17日，北戴河会议召开。

此次会议批准了物价和工资改革方案，同时决定用最严厉的手段压缩基本建设和集团购买力，为改革创造外部条件。

于是，一场号称"价格闯关"的改革开始了。

价格闯关初次遭遇挫折

1988年8月19日,一则消息传遍全国,中央决定改革物价和工资制度,总的方向是:

> 少数重要商品和劳务价格由国家管理,绝大多数商品价格放开,由市场调节;提高工资、适当增加补贴,以保证大多数职工实际生活水平不降低,实现这两大目标的时间是5年左右。

本是物价与工资齐头并改,但人们似乎只看到了前者,并把"5年"视作近在眼前。

同时,当时的老百姓在当年年初已感觉到异样:3月份,上海调整280种商品的零售价,其中多是小商品和日用品,上调幅度在20%至30%之间。所涉商品种类之多,前所未有。

4月份,国家对猪肉、鲜蛋、食糖、大路菜4种副食品的价格补贴由暗补改为明补。

过去,为使这些副食品保持低价,国家财政补贴给商务部门,现在则补给居民,同时把价格放开。

结果,鲜菜涨价三分之一多,猪肉涨价一半左右。

此时,不少人联想到在这之前,李鹏、万里等中央领导人在接见外宾时，都发表了关于加快价格改革的谈话。

现在公报发表了，大家认为价格闯关马上就要开始了，在这种情况下，普通百姓处于对价格上涨的担忧，纷纷抢购商品。于是，一场抢购潮在中国上演了。

当时，大家认为由于名烟名酒等商品不影响普通群众的生活，估计不会出什么问题。

但是，没有想到放开以后，茅台酒的零售价由20多元一下子涨到290元。中华烟也由每包一两块钱涨到12元。

这么大的涨价幅度，给群众造成了物价将要大幅度上涨的心理预期。一个教授一个月的工资买不到一瓶茅台酒！

于是，在恐慌心理的推动下，各类其他商品价格也开始了飞速的上涨。

18英寸彩电由每台1330元上浮到1900元。由于彩电供不应求，实际价格比这还要高出很多。

猪肉价格上涨了50%至60%，鲜菜价格上涨了31.7%。

在这种涨价风的带动下，民众产生了巨大的心理恐慌，抢购风潮迅速在全国蔓延，当时抢购的情况是触目惊心的。

从草纸到电池，从服装到鞋帽，从彩电到冰箱，见什么抢购什么。

当时，着了慌的居民们恨不得将所有的纸币都换成看得见、摸得着的物品，恨不得将几代人所需要的东西都买齐。

在这种情况下，市民买东西已经不再是日常所用，而是为了购回存放，以防备价格再涨。

因此，此种购物方式的特点就是量大，例如武汉有人买了200公斤食盐，南京一市民一下子买了500盒火柴，广州一女士扛回了10箱洗衣粉。

如此大量的采购，加剧了商品的紧缺，并更加推动了抢购潮的扩大。

混乱的秩序使得商店不敢敞开大门，只能在一个门缝里一手交钱，一手交货。

于是，忙着抢购的人们就在门缝之外排起了长长的队伍。在抢购队伍里，人们拥挤、谩骂，有的地方还出现了小的骚乱。

与抢购同时发生的是银行门前排起了挤兑的长龙。居民们为了抢到商品，纷纷到银行提钱，这给银行的营业带来了巨大影响。

此时，人们第一次感受到教科书上所说的罪恶的"通货膨胀"，恐慌心理开始蔓延。

据当时的报纸记载，"人们像昏了头一样，见东西就买，既抢购保值商品，也抢购基本消费品，连滞销的也不放过"。

被居民们列入抢购清单的，既包括柴米油盐、火柴、肥皂等日用品，也包括刚刚进入百姓生活的电视机、洗衣机、电冰箱等大件。

当时，一个叫张耀新的青年，他从商店买回来一台单门冰箱，结婚的时候他都没舍得买，但是现在却一咬牙买下了。他说道："谁知道过一年什么价格了？"

一个叫谭昌明的，则在家里囤积了大量的肥皂、盐和当时被当做奶粉替代品的麦乳精，"放了整整一屋子"。

一个叫陈诚的城郊农民，家里本来没有多少钱，听说物价要涨，他就把家里仅有的1000多元存款全取了出来，准备全买上东西避免"贬值"。

揣着钱来到商店，商店实在太挤，等排到陈诚，他本来打算要买的缝纫机、自行车、电视机等都被别人买走了。

售货员问陈诚："你到底要买啥啊？"

陈诚犹豫了，买吧，实在没有自己需要的东西了，不买吧，自己排了半天的队，岂不是白排了，并且这物价天天涨，手里的这1000元今天不买些东西回去，以后岂不是又贬值了。

买！陈诚下了决心。

既然都是自己不需要的，就买值钱的，这样也好往回拿。

于是，陈诚一看，商店南墙还有一些电风扇，他就对售货员说："这些风扇我全要了。"

就这样，陈诚把那10多个风扇拉回家了。

回到家，陈诚才发现，10多台风扇，竟然有7台是不转的。

回去和商场理论，也没有结果，没办法，只有自认倒霉了。

当时，从社会上看，物价上涨势头已经给群众造成了心理预期。从经济本身看，潜在的通货膨胀压力很大，已成一触即发之势。

在普通老百姓参与抢购之前，商人们已经开始了囤积居奇，那时候流行的囤积物品，包括钢材水泥等基建物资和彩电冰箱之类的家用电器。

囤家电在后来看是多么不可思议的一件亏本生意，而在1988年，一些有钱的中产者把存款从银行提出来，走后门去换成若干彩电冰箱，给每个子女先囤积一台以备将来婚嫁用。

对于那些没有这么多钱的普通家庭来说，抢购的第一商品就是开门7件：柴米油盐酱醋茶。

有些人一下子抢购了数十包火柴，每包10盒。许多商店的火柴在一天之内被全部买空。

就连一些贵重的金银首饰也成了人们抢购的目标。

1988年9月初，武汉市友谊公司青山友谊商店从深圳购进一批24K纯金首饰，每克售价涨到140多元。

9月9日，商店一开门，由于抢购的人太多太拥挤，把柜台都挤倒了。

第二天，商店只得在后院里隔着铁栅栏卖金首饰。

一个小伙子用递进来的人民币，全部购买了金项链。

这一年，凡是能保值的，人们都抢购。

这场新中国成立以来最大的抢购风潮，在一个多月后才渐渐平息下来。

这一场席卷全国的、造成人们极大恐慌的抢购风潮，到底有多大规模呢？

七、八、九三个月，银行存款少增加了 300 亿，当时居民储蓄余额近 4000 亿元。仅仅动用了 300 亿，就掀起了如此大的风浪！

在上年消费价格指数上涨了 7.3% 的基础上，1988 年又连月上涨，7 月份达到 19.3%。

可以说，随着一次商品价格的调整，市场出现一些抢购是正常的。

但这次抢购风时间之长，范围之广，抢购品种之多，却是从未有过的。

面对如此严重的抢购局面，中共中央及时采取措施，制止了全国抢购潮的进一步蔓延。

1988 年 8 月 27 日晚，中央召开紧急会议，暂停物价改革方案，治理环境、整顿秩序。

8 月 30 日，国务院常务会议发出《关于做好当前物价工作和稳定市场的紧急通知》，宣布物价改革的方案还要进一步修改完善，相当于宣布中止价格闯关。

通知还说：为了稳定金融和保护人民群众的利益，由人民银行开办保值储蓄业务，使 3 年以上的长期存款利息不低于或稍高于物价上涨幅度。

8月31日,《人民日报》头版特意发文进行解释:

> 价格、工资改革方案中所讲"少数重要商品和劳务价格由国家管理,绝大多数商品价格放开由市场调节",指的是经过5年甚至更长时间达到的目标。
>
> 目前,改革方案还在进一步修订和完善之中。明年是改革第一年,步子是不大的,国务院将采取有力措施,确保明年的社会商品零售物价上涨幅度明显低于今年,各地应据此向群众做好宣传工作。

为抑制通货膨胀,回笼资金,中央责成中国人民银行开办保值储蓄,使3年以上存款利息不低于甚至略高于物价上涨幅度。

9月中旬,国家主席杨尚昆会见新加坡总理李光耀。

会见时,在谈到物价、工资改革时,杨尚昆说,这是涉及到千家万户利益的大事情,我们需要用5年或更长的时间来理顺这方面的关系,而且谨慎从事,稳步前进。

同时,杨尚昆还对李光耀说:"我们既有长远目标,又有具体稳妥的步骤,并且及时总结经验,我相信我们的事情是能够办好的。"

9月底，党的十三届三中全会作出对国民经济进行治理整顿的决定，以扭转物价大幅上涨的态势。

9月23日，中共中央政治局召开工作会议，决定对物价等问题开展治理整顿。

9月26日，中共十三届三中全会正式通过了"治理经济环境，整顿经济秩序，全面深化改革"的方针。

这次治理整顿实际上是一次经济收缩，通过经济收缩来抑制通货膨胀。收缩的结果，工业总产值还是比上一年增长了20.7%，物价指数全年平均高达18.5%，因此，中央又加强了治理整顿的力度。

随着中央一系列稳定物价措施的出台，价格闯关的步伐开始放缓。

中央采取措施制止物价上涨

1988年10月初,为了制止物价上涨,国务院办公厅发布通知,明确提出:

为了使国务院能迅速掌握全国市场物价的变化趋势,经国务院领导同志批准,决定在省、自治区、直辖市政府所在地派驻物价特派视察员。

物价特派视察员由国务院物价委员会和国家物价局联合向地方委派,在国家物价局直接领导下进行工作。

其任务是:迅速、准确地报告国务院关于物价的政策、指示和价格改革方案的执行情况;各地政府、部门和企业在物价方面酝酿或采取的重要政策措施;调查研究并及时报告驻在地的市场物价动向和群众的反映;及时了解并反映驻在地区的政府、部门、企业以及社会各界对价格改革的要求、建议和意见;办理国务院物价委员会和国家物价局交办的其他事项。

10月11日,李鹏在全国生产工作会议上,发表了题为《正确认识当前的经济形势，进一步搞好治理整顿》的讲话。他指出：

> 经过一年多的治理整顿，市场发生了很大的变化，物价上涨幅度逐月回落，市场比较平稳，相当多的商品由过去供不应求的"卖方市场"，变成了供大于求的"买方市场"。
>
> 部分产品的"买方市场"，给一些工厂带来了不少困难，特别是给乡镇企业带来了困难。

10月24日，国务院发出了《关于加强物价管理严格控制物价上涨的决定》，提出：

> 坚决稳定群众生活基本必需品的价格，坚决稳定市场粮价。城市居民定量供应的粮食、食油的价格一律不动。大中城市要由市长负责，增加肉、蛋、菜等主要副食品的生产和供应，保持"菜篮子"价格的基本稳定。大城市的大路菜，要实行计划价格，不能放开。北方大城市冬储菜的零售价格，今年一般不提高。现已对猪肉定量供应的大城市，定量供应部分不准涨价。要进一步搞好大中城市蔬菜批发市场和农贸市场，物价和工商行政管理部门要切实加强价格管理和指导。

国务院"治理整顿"的措施包括冻结物价、收回已放开的价格管理权等严厉手段。

为了配合国务院制止物价上涨的措施，中央各机关也开始了行动。

10月17日，中央纪律检查委员会发出关于配合有关部门搞好税收、财务、物价大检查的通知。

通知要求，各级纪委积极配合和大力协助税收、财务、物价大检查。

通知指出，国务院发出《关于开展1988年税收、财务、物价大检查的通知》，决定从当年10月起在全国范围内开展税收、财务、物价大检查。这是保证党的十三届三中全会关于治理经济环境，整顿经济秩序，全面深化改革决策顺利实施和加强纪律，做到令行禁止的重要措施。

为此，中纪委要求地方各级纪委必须积极配合、大力协助。在大检查中发现重要案件要配合有关部门，排除阻力，认真查清，严肃处理。

通知还要求各省、自治区、直辖市纪委，要将这项工作中的情况及发现的重要问题及时报告中央纪委。

10月，最高人民检察院向各省、自治区、直辖市人民检察院发出通知。通知说，开展税收、财务、物价和信贷大检查，是贯彻中央工作会议和十三届三中全会精神，治理经济环境、整顿经济秩序、全面深化改革的重要措施。

为此，通知要求各级人民检察院要与当地税收、财务、物价大检查办公室等有关部门密切联系和配合，充分发挥检察机关法律监督职能，保证税收、财务、物价和信贷大检查工作的顺利进行。

最高人民检察院还要求，各级检察院要认真搞好自查，并接受检查。对查出的违纪问题，要严肃处理。

在中央的推动下，全国开始了一场制止物价上涨的行动。

各地采取措施制止物价上涨

1988年9月以后,在国务院的带动下,全国各地都开展了各种形式的制止物价上涨行动。

1988年9月,经济大省山东响应中央号召,开展了全省性物价大检查。

这次物价检查采取抑制物价和增加生产相结合、整顿市场和改善供应相结合、搞活流通和强化管理相结合、宣传教育和严肃纪律相结合的综合治理措施。

为了有领导、有秩序地进行这次物价大检查,山东省政府派出15个由厅局级领导干部参加的工作组,分赴各个市、地帮助下面开展检查工作。

山东各个市、地也都立即行动起来,拿出了各自的得力措施,开展物价大检查。

截至9月底,全省共派出物价、财税检查组1092个,对两万多个单位进行了初步检查。

这次物价大检查的范围是一切从事生产和经营的国营、集体企事业单位和个体工商户。而重点是检查大中型工商企业、个体工商大户、各类贸易公司、中心以及技术开发、劳动服务等经济组织转手倒卖、擅自提价、哄抬物价、变相涨价、将计划内商品转计划外高价销售等违法行为。

对地方政府和业务主管部门违反价格管理规定而越权行事的，也在检查之列。

这次物价大检查，采取了企业自查和重点抽查相结合、群众举报与专业检查相结合的方法。

同时，省政府规定，对检查出来的价格违法案件都要进行严肃处理，在经济上绝不让其得到好处，对那些重大的违法者给予重罚。

山东省在物价大检查中，还规定了严格的政策界限，即"六严六宽"：

一是对党政机关和国家企事业单位办的公司、中心、商店以及国营垄断企业的价格违法案件处理从严，对其他单位处理从宽。

二是对转手倒卖紧俏商品牟取暴利的价格违法案件处理从严，对一般违法案件处理从宽。

三是对越权制定和调整价格的案件处理从严，对执行上级规定而造成价格违法的案件处理从宽。

四是对政策界限清楚而明知故犯的案件处理从严，对政策界限不清而违法的案件处理从宽。

五是对拒绝检查、屡查屡犯和隐瞒不报的案件处理从严，对主动检查、如实上报的案件处理从宽。

六是对当年 8 月 30 日国务院第二十次常务会议决定发布之后发生的案件处理从严，对以前的案件处理从宽。

检查取得了不错的效果，检查进行不到一个月，就查出违价违纪单位 3982 个，查出违价金额 631.46 万元，其中罚没收入 201.47 万元。

同时，通过物价大检查，初步收到了稳定物价、稳定市场、稳定人心的好效果。

和山东一样，与山东近邻的河南也开始了价格大检查。

1988 年 9 月，在中央的号召下，河南省开始了物价大检查。

为了做好大检查工作，省物价大检查工作组 126 名干部奔赴全省 17 个地市。

同时，检查开始后，全省 150 多个市县近万名物价检查人员紧张地投入了工作，170 多部违价举报电话昼夜接待群众检举。

对物价大检查工作，各级都很重视。每个市县及省有关部门都设了举报电话，各城镇主要街市设立了举报箱，张贴了公告。

当时，河南省驻马店地区在几天时间里就组织起 400 多人的检查队伍，查出违价单位 1225 个、违法金额 35 万元，收缴财政达 22 万元。

河南省开展的这次大检查，改变了过去少数部门"单兵作战"的办法，由各级党委、政府组织了物价、工商、公安、审计、财政、税务、检察、法院、监察等部门参加，并邀请人大、政协、各民主党派，吸收工会、共青团、离退休干部、大专院校教师共同参与。

检查工作取得了不错的成绩。当时的前一月，伴随着各地的抢购风，河南省物价大幅度上涨。

全省共检查了近1.8万个单位，查出违价单位4000多家，缴罚金额315万元。

根据国务院的有关通知精神，河南省紧接着又部署了覆盖更大的物价大检查，决心通过大检查，制止全省物价上涨局面，并逐步建立、健全物价管理、监督、保证体系和市场物价调控机制。

和山东、河南开展的价格大检查相比，山西在制止商品抢购潮中，采取的政策更为灵活多样。

当时，为了消除人们对商品继续涨价的恐慌，太原市人民政府在《太原日报》上公布了本市部分主要副食品、日用工业消费品的现行价格和主要社会公益服务项目的收费标准。

这项物价管理上的"公开化"措施，目的是为广大消费者提供一个权威的价格标准依据，以发动消费者维护市场秩序，有效地监督商业和社会服务部门的工作。

在公布物价和部分服务项目收费标准的同时，针对严重冲击市场的"倒爷"现象，太原市政府还规定了各经营企业出售从省外自采的紧俏商品，实行价格申报制度，即由市物价局核定销售价格。未经审定擅自定价出售者，按物价处罚规定查处。

同时，市政府还对"次紧俏商品"，如黑白电视机、洗衣机、录音机等，实行差率控制，各种商品的差率也作了具体规定。

为了发挥人民群众的监督作用，及时对各种涨价行为进行打击，9月23日，太原市市长物价办公电话也正式开设，并及时向社会公布了举报电话。

有了举报电话，太原市民可以随时举报各个经济实体非法涨价行为。

太原市政府在打击乱涨价风的同时，还对举报乱涨价、乱收费者给予奖励。

在商业比较发达的福建，也开始了稳定物价、稳定市场的举措。

9月24日，中共福建省委常委扩大会议圆满完成各项议程后，顺利结束。

通过传达学习中央工作会议精神，此次会议对今后两年改革和建设的重点转为整顿经济秩序、深化全面改革有了统一认识，对解决速度增长过高、基建规模过大、消费需求过猛、价格上涨过快的问题取得了一致意见。

同时，会议还决定把稳定物价、稳定市场作为当时工作的重点，并提出了切实的措施。

省委书记陈光毅在会上明确宣布："从现在起到年

底，省、地、市、县各部门一律不出台新的调价项目。非商品收费不准提高收费标准、增加收费内容。零售商品实行明码标价。加强物价管理，实行群众监督。"

对 8 月份以来，违反国家规定乱涨价、乱收费、非法牟取暴利、投机倒把等行为，陈光毅明确表示要予以严肃查处。

会议结束后，为保证人民生活必需品供应，福建省开始大力组织货源，搞好市场供应。

同时，为保证完成中央和省确定的指令性调拨计划，对于各地不执行调拨计划的，还追究了当地主要领导人的责任。

为坚决刹住集体抢购风，福建有关部门采取了所有机关企事业单位一律不准动用公款乱发奖金、实物、购物券等措施。

进入 11 月中旬以后，福州市一批主要国营商业企业自发开展让利销售、优质服务的联合行动，带头平抑市场物价。

这次让利销售、优质服务活动，是由福州市东街口百货大楼、华联商厦、台江百货大楼和市工业品贸易中心 4 家大型国营商业企业发起的。

他们商定，从当时起到春节前后，这段销售旺季，凡与群众日常生活关系密切的商品，如家用电器、针纺织品、鞋帽服装等，一律让利销售，让利幅度从 1% 到 5% 不等。

连年获"物价计量信得过单位"称号的福州市东街口百货大楼，还把直接进货的生产厂家扩展到近2000家，从而保证了充足的货源和较低的售价。

当时按规定，凡名优产品的零售价格可上浮5%销售，但东街口百货大楼不仅不上浮，还主动降低1%至5%销售。

在东街口百货大楼，福建名牌"水仙花"牌电冰箱，市内多数店以每台1600元销售，而他们每台只卖1405元。

"熊猫牌"18英寸彩色电视机，有的店卖到2900元一台，而他们坚持每台只卖2300元。

和东街口百货大楼一样，其他商场也不甘落后。

市华联商厦准备了15大类1000多种商品，计划向消费者让利近百万元。

台江百货大楼作出规定，凡顾客在本大楼内购买的商品，如发现价格高于本市其他国营商店同类商品时，保证可退还差额，并允许退货。

他们已陆续投放700多种商品让利销售，计划让利25万元。

福州市工业品贸易中心也准备了近500种商品，计划让利3%至5%售给消费者。

在这些大型国营商业企业的带动下，福州纺织品批发公司以及市属文化用品、饮食业等一批国营专业公司、商店，也陆续加入让利销售、优质服务活动的行列。

福州市主要国营商业企业让利销售、带头平抑市场物价的行动，受到了广大消费者的欢迎。

在东北的黑龙江，1988年夏天，该省物价出现了飞速上涨。

面对物价急剧上涨局面，哈尔滨市积极采取措施有效地制止了该市物价上涨局面。

首先，该市从抓农产品入手，积极鼓励市郊的农民种菜，并及时联系外地蔬菜及其他农产品，迅速运到该市，投入市场。

随着大量外地农产品进入市场，特别是城郊农产品入城后，哈尔滨市民看到如此充裕的农产品在市场里堆着，他们心里有底了。

既然不用担心没货，政府也保证价格不会上涨，谁还去抢购那么多农产品回家。

农产品的问题解决了，哈尔滨市又把精力放到对其他商品的价格治理上。

一方面，哈尔滨市委带领物价、工商等部门，对各类商场囤货行为进行了严厉查处。

在这轮打击囤货风中，该市有20多家商场受到了经济处罚，相关责任人也受到了不同程度的处罚。

另一方面，哈尔滨市又号召大型国有商场带头降价让利，以带动整个市场物价的回落。

经过努力，哈尔滨物价上涨风得到了有效遏制。

在稳定市场、稳定物价行动中，贵州省贵阳市也采用了行政手段和经济手段控制物价，以稳定市场，维护群众利益，整顿经济秩序。

首先，贵阳市实行降价联销，充分发挥国营商业平抑物价的作用。

按照市政府提出的要求，贵阳50家国营商店从9月5日起，以降价1%至60%的幅度，推出家用电器、铝制品、玻璃制品、服装鞋帽等3100多个品种，价值3000多万元的商品与消费者见面。

同时，贵阳还采取了平息抢购风，确保人民生活必需品的供应。

当时，在抢购潮中，贵阳食盐在贵阳市场上已经被抢空。

面对如此紧急的情况，贵阳市市长当晚召开办公会，责成有关部门及时调运，成功地保证了市民食盐不受影响。

8月至9月两月，全市各商业部门由主要领导带队，共600多人的采购队伍分赴各地产区抓货源。

在抓货源活动中，仅日用工业品一项，两个月就有1.4亿元的商品进入贵阳市场，进货金额创历史最高水平。

在贵阳市政府的努力下，9月份，贵阳市的民用煤、盐、糖、火柴、卫生纸、肥皂等商品，价格稳定，群众随到随买。

在抓货源的同时，贵阳市还开展了整顿经济秩序，严厉打击违法乱纪分子的活动。

为此，贵阳市税务、物价、工商等部门在市委、市政府的统一部署下，严厉查处和打击了一批破坏经济秩序的违法乱纪分子及单位。

到 9 月底，全市查处违纪违法户共 310 户，违纪违法金额 659 万多元，查扣物资及罚款 300 多万元。

在各地的努力下，席卷全国的商品抢购潮得到了有效控制。

全国各地物价开始回落

1989年3月以后,各地商品价格开始回落。

1989年10月,《人民日报》的一篇题为《价格·收入·心理——市场疲软面面观》的文章这样写道:

> 谁能料到半年前还那么走俏、炙手可热的一些商品,一下子变得疲软、呆滞。
>
> 在上海、北京以至全国各大中城市商店柜台上,过去难得一见的彩电、冰箱、录像机等耐用消费品,如今因少人问津只好躺在仓库睡大觉。
>
> 酬宾、让利、贴息、买一送一,五花八门的促销手段全用上了,但销势仍然平平。
>
> 有关部门的统计资料表明,今年3至8月,社会零售商品增长额直线下降:从3月份的26%,4月份的20.2%,一直跌到7月份的7%,8月份的出现负增长0.7%。

和工业商品价格开始回落相同,农产品价格也开始了大幅度回落。

1989年7月份以后,全国粮食及农产品价格开始大幅下跌。到年底，粮食及农产品价格水平大幅下降，出现了谷贱伤农的问题。与农产品下降伴随的还有农产品难卖。

1989年底，在陕西省周至县，出现了令人忧虑的情况，全县亟待出栏的4.4万头肥猪销售无门。

面对已经长大待销的猪，农民心急如焚，但县食品公司却因销路不畅，叫苦连天，不敢收购。

原来，当初，面对当时全国出现的"吃肉难"问题，周至县曾拿出836吨优质化肥，奖售给售生猪的农户，鼓励农民养猪。这对缓解城市人民吃肉难起了一定的作用。

到1989年底，周至县生猪存栏20.5万头，户均1.7头。光是毛重在100公斤以上的肥猪就有5.4万头。

然而，随着全国各类商品价格，尤其是各类食品价格的回落，猪肉的销售量也开始了下降。

此时，尽管周至县食品公司四处奔波，寻找销路，可也仅仅销售出了1万头，全县尚有4.4万头肥猪亟待出栏。

终南镇一位老农含泪说道："一家人辛辛苦苦一年，才养了这3头猪，指望用这换些化肥，买头耕牛，谁知猪价从一斤一块六毛五降到一块五毛五，食品部门还不收购。"

对此，县食品公司张经理却愁眉不展地说："不是我们不收购，而是不敢收购。今年西安市给我们下达了上调5.1万头生猪任务，可到11月底，才上调了3.2万头。"

一位副经理也说："11月17日，县上将884头收购的生猪运到指定地点临漳后，除指标内的400头外，其余的484头一概不收。好说歹求，才在价格下浮和看在人情的分上收了180头。其余304头只好从临漳拉回周至，途中又死去了18头。"

4万多头大肥猪售不出，很多农民不得已，只好自己宰杀母猪和公猪。

像陕西周至县这种情况，在当时的很多地方都有发生，较低的商品价格已经给农民的积极性带来了很大的伤害。

面对这种情况，国务院发出《关于建立国家专项粮食储备制度的决定》，规定各地向农民收购议价粮时价格不得低于最低保护价。

在对粮食实行保护价的同时，其他农副产品也开始采取了保价措施。

随着中央保护粮价等政策的出台，各地商品，特别是农产品价格下降的趋势得到遏制。

三、全面突破

- 邓小平高兴地说:"改革开放是大势所趋,得到了全党全国人民的拥护。"

- 董富胜说:"1992年粮价全面放开后,有的说广东带了一个坏头,有的说广东抬高了全国的米价。"

- 一位老大娘说:"我每天都来这里买菜,这儿的菜新鲜、便宜。"

中央提出建立市场经济体系

1992年,这又是中国改革开放历史上非常关键的一年。

当时,关于改革的争议,对于改革的各种质疑,在全国各地时有出现。

就是在这个时候,中国改革开放的总设计师邓小平开始了他的南方之行。

1992年1月17日,农历腊月十三,一辆没有编排车次的绿皮车,悄无声息地驶出站台,深夜出京,向着南方奔驰而去。

此刻,邓小平正坐在南行的列车上,回顾刚刚过去的1991年,展望1992年,纵观世界形势,思考着中国的未来……

1月19日上午9时整,邓小平在时隔8年之后,再次乘列车到达深圳,下榻深圳迎宾馆桂园。

千里迢迢,舟车劳顿,但是,80高龄的邓小平却毫无倦意。他说:"到了深圳,我坐不住啊,想到处去看看。"

稍事休息后,在广东省委书记谢非,深圳市委书记李灏,市长郑良玉,市委副书记、市人大常委会主任厉有为等陪同下,邓小平乘车观光了深圳市市容、火车站、皇岗口岸等。

看到深圳的巨大变化，邓小平发表了长篇讲话，他高兴地说："改革开放是大势所趋，得到了全党全国人民的拥护。"

针对一段时间以来，姓"社"姓"资"的争论造成改革开放难以开拓新局面的现状，邓小平说：

> 改革开放迈不开步子，不敢闯，说来说去就是怕资本主义的东西多了，走了资本主义道路。要害是姓"资"还是姓"社"的问题，判断的标准，应该主要看是否有利于发展社会主义社会的生产力，是否有利于增强社会主义国家的综合国力，是否有利于提高人民的生活水平。

邓小平提出的"三个有利于"标准，一下子驱散了姓"社"姓"资"的争论造成的阴霾，给了人们一个辨别是非的锐利武器。

在南方谈话中，邓小平以深刻的智慧和巨大的理论勇气，冲破禁区，提出社会主义也可以搞市场经济，从而解决了困惑中国多年的难题，为中国经济体制改革确定了新的目标模式。

在邓小平提出这一创见之前，全世界都认为，社会主义就是计划经济，资本主义才是市场经济。

邓小平正是对大量经济现象进行了多方面的、深入的、实事求是的思考后，得出了正确的结论。他果断地提出：

> 计划多一点还是市场多一点，不是社会主义与资本主义的本质区别。计划经济不等于社会主义，资本主义也有计划；市场经济不等于资本主义，社会主义也有市场。计划和市场都是经济手段。

邓小平的谈话，极大地解放了人们的思想，不久他的关于社会主义也要市场经济的观点就在全党形成了共识。

1992年3月，中共中央政治局在讨论中国改革和发展的若干问题时，大家一致赞成邓小平的谈话，认为这些思想对我国的改革与发展意义特别重大。

6月9日，在中央党校发表的讲话中，江泽民明确地向与会同志说："我倾向于使用'社会主义市场经济体制'这个提法。"

1992年10月12日至18日，中国共产党第十四次全国代表大会在北京隆重召开。

此次大会明确地把建立社会主义市场经济体制作为我国经济体制改革的总目标。

接下来的十四届三中全会通过的《中共中央关于建

立社会主义经济体制若干问题的决定》，进一步勾画了建立社会主义市场经济体制的蓝图和基本框架。

中央提出经济体制改革的目标是建立社会主义市场经济体制，这标志着我国改革和现代化建设进入了一个新的历史发展阶段。

在这一时期内，中共中央、国务院加快宏观经济体制改革步伐，对财税、金融、价格、劳动制度进行了改革，推行现代企业制度，加强对国有资产的管理与监督等。

所有这一切，不但有力地推动了我国经济体制改革朝着社会主义市场经济方向发展，而且也为价格体制的进一步改革指明了方向。

从此，原来希望以计划体制统领市场机制，"计划为体、市场为用"的观念被彻底放弃，我国的价格体制改革进入了创建市场价格体制的新时期。

全国粮食价格逐步放开

1992年4月，国家决定提高粮食收购价格，同时提高粮食统销价格，实行全国购销价格联动，实行了"管购放销""购销全放"的办法。

其实，我国粮食价格的放开，经历了一个非常漫长的过程，而在这个过程中，广东一直走在我国粮食改革的前列。

我国粮价的放开经历了三个阶段，历时约13年之久，1979年到1984年为第一阶段。

借助深圳特区的政策优势，广东省粮价尝试放开的试验田选在这里，放开统购的政策口子，并开始了逐步缩小统购统销的范围。

1980年，广东成立了粮食贸易公司，进行大量粮食的议购议销。

也就是在这时，广东粮价在全国第一次挣脱高度的统一管理，在深圳出现了"双轨制"。

从1985年中央将粮食高度统一管理的部分权限下放给广东开始，到1991年期间，粮食价格的放开进入第二个阶段。

在这一阶段，粮价在广东放开的面积加大，力度加强，在这里市场上粮食价格与价值的关系逐渐接近。

1988年,广东率先在全国放开食用油的价格并取消了居民供应的定量,这一举措一下子震动了全国。

而实际上,当时广东就曾设想将粮价连同食用油价格,一齐全面放开,但该举未获中央的同意。

于是,广东就首先放开了食用油的价格。仅就食用油进行了价格放开,当时引来的质疑和责难也是非常强烈的。

1992年4月,在中央提出放开粮食价格后,广东在全国率先放开粮食的购销和价格,取消了粮簿。

广东的此举,一下子告别了延续近40年的粮食统购统销的传统体制,使粮食的购销走上了良性市场调节的轨道。

粮价放开,是广东突破价格难关、向市场经济过渡的代表作,不仅持续时间长,影响面大,而且所招致的指责和批评最多,是难度最大的一场变革。

深圳试验粮价刚放开,来自各地的责难声就开始了。到1992年粮价全面放开,责难更多,广东周边一些地区面对高粮价的广东,甚至采取行政措施不让产区的粮食进入广东。

有的地方甚至直接规定,本区旅客进入广东,所携带的粮食不得超过15公斤。

曾任广东粮食局局长的董富胜,后来回忆说:

1992年粮价全面放开后,有的说广东带了一个坏头,有的说广东抬高了全国的米价。

广东历来是一个缺粮的省份,粮食价格放开后,省长或是秘书长带队带着外汇或是化肥、白糖等"硬通货",到外省的粮食产区去采购粮食都收效不大。当时提心吊胆,生怕会出问题。这种担心的日子一直持续到当年9月十四大召开才结束。

就这样,在广东的带动下,全国提高粮食的定购价格和销售价格,基本上实现了购销同价,并在此基础上,陆续展开放开粮价,放开经营的试点。

在统一政策的原则下,各地根据自己的经济状况和承受能力,因地制宜地选择适合本地的试点方案和改革模式。

当时,这大致有三种情况:一是购销全部放开,如广东;二是稳住定购,放开销价,如陕西汉中市;三是保留部分定购和农业税征收,定购价格随行就市,销价放开,如四川广汉市、河南三门峡市等。

截至1992年9月,全国有400多个县、1.8亿人口的地区进行了粮食价格放开试点。

接着,国务院总结了试点经验,提出要抓紧当时有利时机,加快粮食购销体制改革,进一步向粮食商品化、经营市场化的方向推进。

同时,国务院还提出,各地要根据各自的不同情况,因地制宜，分散决策，在考虑各方面承受能力和各项保证措施配套的前提下，凡有条件放开的省、自治区、直辖市，均可以提出实施粮食放开方案，报国务院批准后实施。

于是，在国务院的推动下，继广东省全面放开粮价之后，浙江、江苏、安徽、福建、江西省和上海市，也宣布全省（市）粮食购销价格全面放开，取消粮票。

到1993年底，全国95%以上的市县都完成了放开粮价的改革。

就这样，粮食供求走向了市场，而与粮食购销制度相伴生的粮票也退出了中国的历史舞台，成为一种热门的收藏品。

农副品价格开始全面放开

1992年4月,中央决定放开猪肉经营,放开价格,取消价格补贴。至此,中国的生猪、猪肉和蔬菜价格全部放开。

此次生猪、猪肉和蔬菜价格的全面放开,在全国进行得非常平稳,并没有引起太大的波动。

1992年9月,北京市响应国家号召,开始以大胆放权、发展市场为重点,加快价格改革。

当时,全市农副产品和工业消费品价格中市场调节价格比重达到81%。

为了进一步推动价格放开,北京市物价局开始支持大中型工业企业"上船"和商业"四放开",在继1991年底放活59个种类国家管理的农副产品和工业品价格的基础上,3月份又放开放活45个种类商品价格,6月放开了市管理的135个种类生产资料价格,并在饮食行业中扩大放权试点。

在大胆放权的同时,北京市物价局在全市选点对100种商品和收费项目进行直接采取报价,上机分析,以加强对放开商品的价格监测和预测。

不久,北京市物价部门又决定,12月1日全市农副产品价格全面放开。

1992年12月1日，是北京市放开肉、蛋、菜购销价格的第一天。

这一天北京的市场平静，市民反映平淡，并没有出现1988年那次居民摩拳擦掌准备抢购商品的情况。

上午开市后，新华社的记者来到小庄等几家商场和个体摊前，看见与往日并无异常。

在水碓子农副产品批发市场，采购的人群依然熙熙攘攘，却井然有序。

记者随便问了几个顾客，一位老大娘说："我每天都来这里买菜，这儿的菜新鲜、便宜。"

当记者问到有没有因为价格全面开放而出现市场涨价时，这位大娘笑着说："今天也没涨价。"

接着，这位大娘又对记者说："现在可不比前几年，那时候怕买不到东西，市场一放开大家都去抢购。现在商品到处都是，谁还担心有钱买不到东西啊！"

一位从天津北郊来这里卖藕的小伙子说："价格的浮动，关键看市场，卖不动就低点，卖得快就高点。价格放开其实等于加强了市场调节。"

在珠市口大街的个体大肉摊位，记者看到，纯瘦肉价格上涨了1元左右，但买者还是不少。

人们为买好肉而来，并不很计较价格，而价格也根据市场的需求稍有变动，却并不会出现人们担心的明显大起大落。

当然，也不是所有的人对价格都是放心的，在市场完全放开之初,还是有一些人像 1988 年那样,存在担心的心理。

在针织路副食品商场,记者就碰到了一位有着恐慌心理的老大娘。

原来,这位老大娘赶在价格放开之前,买了 40 块钱牛肉,在市场价格开放的第一天,她特意到商场来看看究竟"涨了多少钱"。

当这位老大娘得知,牛肉比放开前仅上调了 0.15 元时,她后悔不迭地说:"为便宜一两毛钱,抢了那么多'破肉',真是不值得。"

这位老大娘还对记者说:"到现在,儿子、儿媳妇还直埋怨我呢!"

在小庄副食品商场,一位吕姓值班女经理笑着对记者说:"听说价格要放开,仍有一些人抢购。前两天,肉类柜台每天营业额达 2 万多元,是平时的 10 倍还多呢。"

值班女经理停顿了一下,继续说:"谁知道价格一放开后,肉价并没有疯涨,很多前几天买肉的顾客都后悔了。"

"当然,肉价还是涨了一些,但很少有顾客抱怨涨价,人们的承受力显然增强了。"这位值班女经理接着说。

据北京市物价局统计显示,北京市场价格放开第一天,北京崇文菜市场、东单菜市场的每斤牛肉价格就比放开前分别低了两毛和一毛,绝大多数市场的鸡蛋价格分文未涨。

10 天以后，新华社的记者对北京市肉、蛋、菜购销价格放开情况，进行了跟踪采访。

到这一天，北京市政府曾为价格平稳放开制定的 10 天的限价保护期至此取消，这意味着价格开始彻底放开。

这一天，记者再次来到北京几家较大的菜市场、副食商店，发现数天前刚放开价格时稍显冷清的柜台，出现了络绎不绝的购物人流，市场商品丰盈。

10 时 30 分，在崇文门菜市场的肉类柜台前，商场自制的肉馅不收加工费，每斤的售价比其他商场低两毛，纯瘦肉售价 4.80 元。

一位中年女顾客说："价格放开一直没见涨价，我们的心也踏实了。"

商场的值班经理告诉记者："现在价格放开了，商店可以自由进货，渠道多了，肉也多了，质量也好，但价格还要下来，不然顾客就不一定到这儿来了。"

确实如这位经理所言，记者发现，十几天前还是每公斤 7.8 元的牛肉价，已跌落到 7.4 元。

价格放开引来了市场竞争，会不会带来人心不稳呢？从市场上看，这个问题似乎已经有了答案。

那么，有关部门是怎样看这个问题的呢？记者又来到了北京市物价局。

在北京市物价局，记者了解到，因为价格全面放开并不意味着政府可以撒手不管，除了每月给职工发补贴外，政府还建立了保证生产和市场稳定的专项基金，加强了对肉食品的检疫，让群众吃"放心肉"。

同时，政府还严格物价纪律，加强市场监督检查。因此，物价部门人员满怀信心地说："预计今后一段时间，猪肉、牛羊肉价格总体水平能够保持相对稳定，蔬菜价格也不会有大的变动，鸡蛋价格保持在每公斤4.6元至5元上下。"

农副产品价格的放开，意义是非常明显的。

安徽合肥自从价格放开后，结束了长期以来购销倒挂、国家补贴的局面。

与国内其他大城市相比，这算是末班车了，但鉴于1988年合肥肉蛋调价所激起的大面积抢购风，有关部门还是严阵以待，打足了预防针，包括给每名职工每月补贴10元。

6个月转瞬即逝，合肥的农产品市场风平浪静，价格的浮沉并未带来任何惊涛。

相反，市场上的肉更瘦，蛋更鲜，老百姓拍手称快。无论是农贸集市还是国营商场，那种被戏称为"丹顶鹤""白天鹅"的"值班肉"消失了。

在合肥推行价格放开改革的半年里，肉蛋市场究竟如何"浮沉"的呢？

合肥市商委的一位工作人员介绍：刚放开时，肉价略有上涨，没几天便回位，当时价格平稳，瘦猪肉每斤9.6元，后臀尖7.4元，比预测的要低。

蛋价曾由每公斤4.4元降到4.2元,当年3月中旬突然扶摇直上,涨到5.2元至5.6元左右,行情看好。

这位工作人员认为,肉蛋价呈上述走势,主要原因为政府选择了货源充足、生产稳定之机放开价格,供大于求,价格未能上扬。

这位工作人员还感慨地说,尤其是生活水平提高,人的口味改变,春节冻肉每公斤跌至6元以下,几乎无人问津,吃大肉的越来越少。尽管品种繁多,肉价却仍然始终稳中趋降。

在提到蛋类价格时,这位工作人员说,蛋的产销受外地影响较大,当时全国各地纷纷赴安徽采购鸡蛋,且竞相抬高收购价,使本已有限的鸡蛋大量流往外地,合肥的蛋需求由平转旺,个别商场一度脱销。

肉蛋市场的浮沉直接波及生产者,猪饲料上涨,肉价没变,生猪产量明显滑坡。

猪生产后劲不足已初露端倪,在发现这一有效需求后,合肥郊区的肥东、长丰等地养猪户,开始及时扩大了养猪规模。

蛋价上浮为本地鸡场注入了生机,前一阵还"犯蔫"的养鸡市场相继复苏了。

可以这么说,此次放开价格,得利最多的是顾客,失利最多的当数"国"字号经营者。

实行价格放开后,人们发现几家态度不好的国营商场的肉蛋专柜,显得门庭冷落。

长江路副食品商店上年 11 月，猪肉销量 2 万多公斤，而当年的 4 月仅销售 6000 多公斤，有的肉降了价也卖不动。该店女会计刘梅无奈地说："连我都不买自己单位的肉蛋。"

市食品工贸集团贸易部经理李飞栋谈道："合肥每年猪肉销量 15 多万吨，其中食品公司占了 80%。放开后，全公司日销量由 450 余吨减至 100 多吨，一季度亏损约 2000 多万元。禽蛋公司 1 至 4 月亏损 350 多万元，蛋的月销量下降了 80% 至 90%。"

和"国"字号的冷清相比，普通的农贸集市却是另一番光景。

走进瑶海区的自由市场，剁肉的"咚咚"声此伏彼起，这儿的肉鲜嫩、精瘦，售价比一般肉市贵几毛钱，但生意十分兴隆。

家住花溪的居民郑俊龙说："我就爱上农贸市场买菜，人家的肉指哪儿砍哪儿，宁愿多花点钱，买回去没什么糟践。"

专售精肉的个体户李保国笑嘻嘻地告诉别人，他月均收入约 1000 元。

看到个体户的红火，"国"字号着急上火：农民养的好猪大都自销或贩给个体户，一向"卖肉不用怕，反正有计划"的肉联厂收购猪的质量下降，价定高了更没人买，价定低了亏得更厉害。

补贴没了，税收高了，物价涨了……此外，放开时市内尚有库存肉 4 万多吨，迄今仅处理了 8000 吨，而 1 吨肉 1 天的贮存费就是 1.3 元，还有三角债、人员转向等问题，全靠他们自行解决。

国营商店怎么办？长江路农贸市场管理处的李斌说："货比三家，公家定的虽是死价，但对于农贸市场起着调节制约作用，避免了后者的漫天开价。"

面对价格放开后的压力，国营商场开始转变了经营态度，增加了经营品种。

当时，在合肥市临泉路商场销售的一种"冷却肉"用小袋包装，标价比平常肉高 3 毛至 4 毛，该项目一推出就受到了居民欢迎。

合肥市当涂路的一家商场，以前服务态度非常不好，周围市民意见很大，却又无可奈何。

价格放开后，市民可以选择的余地多了，他们就纷纷到附近的农贸市场去购物。

于是，实现价格放开后的第一个月，该商场副食品部就亏损了 10 多万元。

单位亏损了，工人的奖金自然就没有了，于是单位的员工一合计，联名向商场总部提意见，要求换领导。

新的领导到来后，商场的服务态度上去了，销售人员热情了，价格也下来了。

顿时，这家商场生意又红火了起来。

因此，价格放开后，整个中国的商业都发生了变化：个体户更加活跃了，"国"字号态度转变了，这些都使老百姓的生活变方便了。

于是，从商家到老百姓都从内心深处开始拥护价格放开的改革。

肉、蛋、菜价格的放开，意味着商品价格有涨有落，意味着价值规律开始在发挥作用了。

因此市场价格的放开，对于我国价格体制改革，具有里程碑似的意义。

广州价格改革率先取得成功

1992 年初,广东省大胆改革渔业生产流通体制,全省渔业生产连续 10 年较快增长,总产量连续 9 年居全国第一,1991 年生产各种水产品 219 万吨,占全国水产总量的六分之一。

广东渔业取得如此辉煌的成就,与该省较早推行的价格改革有关。

早在 20 世纪 80 年代初,广东就对全省鱼塘采取了所有权与使用权分离、生产者与生产成果直接结合的做法,实行"集体所有,农户投标有偿承包"的制度,并在实践中逐步完善承包合同管理。

广东在改革渔业生产体制的同时,也着手改革流通体制,积极培育市场。

到了 1985 年,全省实行了淡水和海洋水产品一齐放开,水产品价格和经营渠道一齐放开,城市和农村渔业市场一齐放开的"全方位放开"的制度。

渔业商品生产的发展,促使广东民间的水产品保鲜、加工、销售等服务组织应运而生。

当时,在全国的其他地方还是政府控制购销时,广东的这种放开政策,使各种鲜活的、冷冻保鲜的、加工制作的水产品获得了领先全国的优势,并开始源源不断地销往全国各地。

广东的价格放开不仅表现在渔业，还涉及到很多行业，在粮食、农副产品、工业品等领域，广东都较早实行了价格放开改革。

到1992年11月，价格改革在广东已闯出"调放结合，以放为主，放管同步"的成功之路。

此时，广东产品经济向着商品经济转变，并逐步形成市场调节机制。

广东价格改革始于1979年，以此为契机促进市场发育。该省先后把118种统派统购农副产品、95种一二类工业品和68种凭票定量供应商品全部放开。

在这个变革过程中，广东经受住几次价格上涨的考验。

面对价格改革造成的物价上涨，全省人民从实践中逐步认识到，价格改革难免会产生阵痛。

于是，在全省人民的支持下，广东的价格放开改革坚持了下来。

随之而来的是生产发展，物价又逐步回落，人们的心理承受力也越来越强，从而保证价格改革顺利进行，从此，广东走上发展社会主义商品经济的康庄大道。

到1992年，全省90%以上商品，已由生产、经营企业按市场供求随行就市，自主定价。

在零售商品总额中，国家定价所占比例不到8%；在主要生产资料销售总额中，国家定价的比重也只有10%

左右。

农副产品价格的放开，使广东全省农业出现前所未有的好态势。

在此种情况下，全省肉类、水产品和水果的总产量，1991年与改革前相比，分别增长了44倍、31倍和11倍以上。

放开价格，价值规律的作用得到发挥。于是，在价值规律的作用下，省外农副产品源源流入价格已放开的广东，而以价廉物美著称的"广货"，三分之一销往国际市场，三分之一销往全国各地。

在向国际和国内两大市场销出产品的同时，广东又积极吸入外部资源，使广东经济发展超出本省的资源和市场限制，实现持续多年的高增长。

1992年的广东，已初步建立起以市场形成价格为主的价格机制，基本反映了商品价值和市场供求关系，价格严重扭曲的状态得到改变，生产结构得到调整。

价格放开的作用是巨大的，广东经济发展取得了如此巨大的成就，促进了价格改革的进程。

中央成功制止物价上涨

1993年，价格放开以后，地方政府不再求中央政府给钱，因为他们忽然发现有更好的办法弄到钱：到银行去，想拿多少就拿多少。

当时，地方银行官员都是地方政府任命的，自然唯命是从。

于是，中央银行对货币和信贷的控制不再有效。越来越多的数据显示，银行里的钱正在滚滚而出。

这样一来，由于投资需求和消费需求增长过快，而有效供给相对增长较慢，特别是有些地区忽视农业，造成耕地减少，主要农产品供应短缺，导致供求总量失衡，引发物价总水平全面上涨。

1993年4月份统计局发布的报告说，地方政府的投资比中央政府还要多。在商品市场上，报告称，通货膨胀正在席卷而来：

> 大城市的生活物价指数涨了17%，而原材料价格上升了40%。1988年以来，人们再次萌发抢购商品的冲动，贮存美元、黄金和优质耐用消费品的现象日益普遍。

1993年4月1日，中央召开经济情况通报会，江泽民、李鹏和朱镕基作了重要讲话。

在讲话中，江泽民等领导人明确指出，经济发展中有些矛盾和问题已经得到缓解，但有些还没有引起足够重视，甚至还在发展。

看到这种情况，世界银行的专家也开始坐立不安，1993年5月，世界银行向中国政府发出警告：

> 这些现象如不及时制止，当经济增长率放慢时，可能演变为一场金融风暴。

面对这种情况，党中央、国务院始终把抑制通货膨胀、控制物价上涨幅度作为宏观调控的首要任务和正确处理改革、发展、稳定三者关系的关键环节，坚持抑制通胀不动摇。

5月19日夜，江泽民亲自写信给国务院领导同志，特别强调：

> 对经济中存在的突出问题，要抓紧时机解决。否则，解决问题的重要时机就会稍纵即逝。倘若问题积累，势必酿成大祸。

紧接着，江泽民先后在上海、西安、大连、广州召开分地区经济工作座谈会，统一大家对经济形势的认识，扎扎实实做好工作。

在各地的座谈会上,江泽民多次强调,"小平同志南方谈话发表后,我们赢得了这么一个好的形势,千万不要轻易地失去或错过,必须驾驭好、保持好这个发展的好势头"。

6月,时任国务院副总理的朱镕基昼夜苦干,周末也没有停下来,到星期一,完成了他的报告。

朱镕基在报告中说:

> 提高存贷利率和国债利率;收回超过限额的贷款;股份制公司挂牌上市;削减基建投资;削减行政费用百分之二十;停止用"白条"支付农民的粮款;停止地方当局向企业和农民集资等等。

6月24日,中共中央和国务院联合颁发震撼全国的"十六条"。这还不算,朱镕基又接连发出了7个指示,把国务院的10个督察组派到12个省区,后来嫌不够,又增加了7个省。

与此同时,内外舆论一致呼吁,局部服从整体,下级服从上级,全党服从中央,保证中央政府政令畅行。

这种将经济与党纪联系在一起的办法,让那些地方的官员大搞投资的头脑开始清醒。

然而,此时投资热带来的物价上涨并没有停止。

1993年全年零售物价涨幅高达21.7%。

通货膨胀日益加剧，价格不断攀升，成为当时经济生活中的最突出的矛盾，是社会各界反映最强烈的热点问题。

1993年12月25日，国务院召开了全国平抑粮油价格工作会议。

李岚清、李铁映、迟浩田、司马义·艾买提等国务院领导同志出席会议并讲了话。各有关部门负责人以及全国各省、自治区、直辖市人民政府有关部门的负责同志参加了会议。

中共中央政治局常委、国务院副总理朱镕基在会上强调指出：

> 从11月份以来，粮油价格大幅度上涨，从沿海到内地、从南方到北方，迅速波及全国许多地方。就局部地区来看，可能存在粮源不足、库存下降、调运不及时等因素，但从全局来看，主要是由心理因素、投机因素和暂时因素推动起来的。
>
> 粮油价格是市场基础价格，必须迅速抑制目前的涨价势头，使之恢复到合理水平，防止可能发生的连锁反应。
>
> 为此，全国各地必须统一行动，协调一致，立即采取有力措施，坚决把过高的粮油价格降

下来，确保市场稳定，为明年各项改革方案顺利出台和国民经济的持续、快速、健康发展创造宽松的环境。

1994 年初，国务院及时提出了抑制通货膨胀的 4 项紧急措施。

4 月 23 日，国务院又批转了《国家计委关于调整原油、成品油、天然气价格请示的通知》，通知要求要取消原油、成品油销售中的多轨价格，并轨提价。

通知发出后，我国原油的出厂价格除少数油田外一律调整为每吨 700 元，全国成品油中汽油每吨出厂价格平均为 2350 元。这样基本上完成了原油、成品油价格的并轨。

改革仍在继续，控制物价上涨的工作中央一刻也不敢放松。

1995 年 12 月 27 日，朱镕基发表讲话《再接再厉，做好 1996 年的经济工作》。

朱镕基在讲话中说：

当前经济生活中的突出问题仍然是物价过高。今年全年市场物价涨幅预计可以降低到百分之十五，这是一个很大的成绩。但商品零售价格指数达到百分之十五，居民消费价格指数将超过百分之十七，这仍然是相当高的涨幅，而且涨幅两位数已经连续三年。去年以来物价上涨的特点，是农村高于城市、内地高于沿海，这对欠发达地区和低收入居民影响比较大，要引起高度重视。

物价连续三年大幅度上涨，增加了企业成本和经营负担，也影响了改革的顺利进行。

朱镕基表示：

根据党的十四届五中全会通过的《中共中央关于制定国民经济和社会发展"九五"计划和2010年远景目标的建议》，要继续把抑制通货膨胀作为明年宏观调控的首要任务。各地区、各部门要统一思想，共同努力，把明年的物价涨幅控制在10%左右。

在中央的正确领导下，1995年，物价总水平上涨幅度逐月回落，从1月份的21.2%降到12月份的8.3%，全年商品零售价格指数上升14.8%，实现了八届人大三次会议确定的15%左右的物价调控目标。

第二年，社科院经济所名誉所长刘国光和刘树成在《人民日报》联名撰文，总结三年半来的宏观调控实施经验。这篇文章把"软着陆"的经验总结为四点：

第一，及时削峰，而不是等到经济扩张到难以为继的时候才被迫调整。第二，货币政策和财政政策适度从紧而不是全面紧缩，在结构上则做到有松有紧，对低水平无效益的企业紧，对泡沫经济紧；对高水平高效益企业松，对国家重点项目松。第三，适时微调，在适度从紧的总原则下，根据经济运行的具体情况微调和预调。第四，自始至终抓住软着陆的主线。

宏观调控是以治理通胀为首要任务，还是以加快增长扩大就业为先，一度是争论的焦点。

面对争议，党中央和国务院明确提出，以治理通货膨胀为首要任务，并且自始至终贯彻了这一任务。正是有了中央的这一英明决策，中国经济才成功地实现了"软着陆"。

四、逐步完善

● 一位退休的小学教师李萍高兴地说:"真没有想到,大灾之后,商品还如此齐全。"

● 薛正毅说:"第一次强调了老百姓的参与,这是一个根本性的突破。"

● 中国政法大学教授王卫国代表建议,铁路票价普遍小幅上调,会比在春运期间上浮的效益高得多。

江泽民签署颁布 《价格法》

1997年12月24日，八届全国人大常委会第二十九次会议在京开幕。

会议由人大委员长乔石主持。

会议首先分别听取了法律委员会副主任委员项淳一、蔡诚、厉以宁关于价格法草案审议结果的报告。

人大常委会副委员长田纪云、王汉斌、倪志福、费孝通、雷洁琼、李锡铭、王丙乾、帕巴拉·格列朗杰、王光英、程思远、卢嘉锡、布赫、铁木尔·达瓦买提、吴阶平和秘书长曹志出席会议。

国务委员司马义·艾买提、最高人民法院院长任建新、最高人民检察院检察长张思卿列席会议。

12月25日，八届全国人大常委会第二十九次会议又分组审议价格法草案修改稿。

与会人员认为，价格问题直接关系到经济发展、群众生活和社会稳定，在社会主义市场经济条件下，为规范价格行为，稳定价格总水平，发挥价格在优化资源配置方面的作用，制定《价格法》非常必要。

出席会议的人员还指出，价格法草案经初步审议后，有关部门广泛征求各地各部门的意见，在重点城市做了很多调查，已经修改得比较成熟，建议本次常委会审议通过。

夏家骏、杨振怀、蔡仁山等同志在审议中说，当前社会上服务价格涨幅过大，不够合理，服务价格应多体现为人民服务的精神，希望各级价格主管部门加强对服务价格的管理，进一步明确制定服务价格的原则。

林宗棠、秦仲达、李学智等委员建议草案修改稿中应规定适当的、合理的利润率，加强措施，反对牟取暴利行为。

12月29日，八届全国人大常委会第二十九次会议通过了《价格法》，并决定于1998年5月1日起，开始正式施行。

接着，国家主席江泽民签署92号主席令，公布这部法律。

《价格法》共7章48条。关于经营者的价格行为，《价格法》明确规定：

> 经营者销售、收购商品和提供服务，应当按照政府价格主管部门的规定明码标价，注明商品的品名、产地、规格、等级、计价单位、价格或者服务的项目、收费标准等有关情况。
>
> 经营者不得在标价之外加价出售商品，不得收取任何未予标明的费用。
>
> 经营者不得利用虚假的或者使人误解的价格手段，诱骗消费者或者其他经营者与其进行

交易。

《中华人民共和国价格法》是我国社会主义市场经济法律体系中的重要法律。

可以说,《价格法》及其此后制定的各种价格法规,确定了我国市场价格体制、价格形成机制的基本框架。《价格法》的颁布,对我国价格体制改革意义重大而深远。

价格改革开始走上正轨

1998年，这又是中国价格体制改革的一个关键之年，也是一个转折之年。

在这一年，中央人民政府实施了一次改革开放以来，涉及面最广、改革力度最大的政府机构改革。

根据改革方案，国务院不再保留的有15个部、委，新组建的有4个部、委，更名的有3个部、委。

改革后除国务院办公厅外，国务院组成部门由原有的40个减少到29个。

在此次机构改革中，国务院以强有力的手段，排除了各种干扰和部门利益的阻力，雷厉风行地进行了机构撤并，把计划经济色彩的经济部门撤并，铲除计划经济利益集团的组织基础，给政府职能转变提供组织机构的空间。

这次改革，大多数经济部门都合并到经贸委，成为经贸委下属的若干个部级总局，集中等于弱化，总局等于是过渡3年后，这些过渡性的9个总局有7个被先后撤销。

正如一位著名经济专家所说：

1998年机构改革的历史性进步是政府职能

转变有了重大进展，其突出体现是撤销了几乎所有的工业专业经济部门，共10个：电力工业部、煤炭工业部、冶金工业部、机械工业部、电子工业部、化学工业部、地质矿产部、林业部、中国轻工业总会、中国纺织总会。

经过此次改革，政企不分的组织基础在很大程度上得以消除。

同时，很多计划经济时期经济管理部门的撤销，为价格体制改革的进一步深入创造了良好的条件。

1998年，和国务院机构改革相并行的，还有中国商品市场的变化。

这一年，中国走出亚洲金融危机，中国的商品开始极大地丰富，长期困扰我国经济的严重短缺经济成为过去，"卖方市场"被"买方市场"所取代。

和买方市场同时到来的，是我国市民购物的方便。

1998年，国庆、中秋"两节"来临时，刚刚经历过一场水灾的湖南灾区，按照以往，这里本应该是商品紧缺的地方。

然而，大灾过后，湖南省委、省政府和灾区各级党委、政府把安排好灾区国庆、中秋"两节"市场作为关心灾民的重要工作来抓。

进入9月，各地就着手安排灾区"两节"市场供应，省政府在9月中旬，还下拨救灾款220万元给灾区作为肉食、食糖贴补款。

同时,灾区各地、市都从副食品风险基金中拿出一定数量的款项做好生猪、冻肉、食糖储备。

因此,1998年的"两节",湖南全省掌握的活体猪源48万头,比1997年增加1倍;储备食糖6400吨,比1997年同期增加600吨。

由于货源足、品种多,灾区节日市场物价稳定。据省财贸办介绍,当年"两节",猪肉价格每公斤比上年同期下降1元,除个别蔬菜品种价格略高于1997年同期外,其他商品价格均低于上一年同期或与1997年同期持平。

在重灾县安乡县,前来采访的记者在县城看到,国营、集体、个体摊位商品琳琅满目,应有尽有。

许多灾民手提菜篮子,眉开眼笑地在选购自己喜爱的鱼、肉、菜。

一位退休的小学教师李萍高兴地说:"真没有想到,大灾之后,商品还如此齐全。"

大灾过后,湖南在"两节"来临之际,商品及其他农产品充裕,固然和当地政府及时采取应对措施有关,同时更与我国的市场经济改革有关。

我国正是有了多年卓有成效的改革,使得市场上的商品开始充裕了,价格平稳了,才保证了大灾后的湖南依然商业兴隆。

到1998年,与湖南一样,整个中国大地产品短缺的时代已经结束了。

此时，在老百姓的眼中，商品的需求发生了巨大的变化，仅在对居民影响很大的农副产品方面，就可以看出老百姓的变化。

"菜篮子"都发生了哪些变化？这些变化对他们的生活方式又产生了怎样的影响？

当时，零点公司与中央电视台和中国科学院心理学所合作，在北京按多段随机抽样方式抽取了400名18至65岁的成年市民，进行了调查。

尽管市民普遍反映当时市场上蔬菜价格偏贵，但是在实际购买行为发生时，居民首先考虑的仍然是蔬菜的新鲜程度，价格排在其次。

47.1%的受访者表示，他们首先考虑的因素是蔬菜的新鲜程度，而只有28.4%的受访者表示，首先考虑蔬菜的价格。

从担心买不到商品，到开始忽略价格，关注商品的质量，这反映了中国商品市场开始走向真正市场化道路。而中国的价格体制改革也开始脱离了政府的管制，开始在市场的指引下，逐步步入正轨。

价格听证制度进入中国

20 世纪 90 年代末，中国的价格改革取得了巨大成就，但这种价格改革只存在于农产品、普通商品领域，水、电、煤气等领域价格仍然由国家说了算。

价格听证制度的引进，改变了这种局面，使我国的价格体制改革进一步深入。

当然，我国价格听证制度的形成，还有一个漫长的过程。

1993 年，深圳在全国率先实行价格听证制度。

当时，政府在制定或调整与百姓生活密切相关的商品和服务价格时要征求消费者、经营者和有关专家的意见，这就是价格听证制度的雏形。

1997 年，南京市物价局先后组织了 3 场听证会，事关 3 样民生价格：液化气、煤气、自来水。

也许，这 3 次价格听证会的举行还不太正规，但意义却不同反响。

据南京市第一批价格听证委员薛正毅后来回忆说：

> 我是因为当时是南京市政协委员，所以被邀请到价格咨询认证委员会里，参与了 1997 年举行的几场听证会。

尽管第一年的几次听证会大多流于形式，可是政府制定价格的过程毕竟向社会公开了，第一次强调了老百姓的参与，这是一个根本性的突破。

正如薛正毅所说，这3次听证会的举办，意义十分重大，它打破了"政府关起门来定价格，老百姓被动接受"这样一种新中国成立后就遵循的单方定价方式。

自此以后，南京市及其他地方，但凡涉及老百姓的重大价格政策制定或调整都要召开公开的价格听证会，而价格听证会也在争议中不断地完善发展。

1997年，各项听证会的法律还没有出台，价格听证会就在各个地方摸索起步了。

1998年，我国实施的《价格法》中第二十三条就明确规定：

> 制定关系群众切身利益的公用事业价格、公益性服务价格、自然垄断经营的商品价格等政府指导价、政府定价，应当建立听证会制度，由政府价格主管部门主持，征求消费者、经营者和有关方面的意见，论证其必要性、可行性。

在此以后，江苏、河南、安徽、北京等13个省、市相继建立了价格听证制度。

2001年7月2日，国家发展计划委员会主任曾培炎签发了《政府价格决策听证暂行办法》（以下简称《暂行办法》）。

《暂行办法》明文规定：

> 实行政府价格决策听证的项目是中央和地方定价目录中关系群众切身利益的公用事业价格、公益性服务价格和自然垄断经营的商品价格。
>
> 政府价格主管部门可以根据定价权限确定并公布听证目录。列入听证目录的商品和服务价格的制定应当实行听证。
>
> 制定听证目录以外的关系群众切身利益的其他商品和服务价格，政府价格主管部门认为有必要的，也可以实行听证。
>
> 政府价格决策听证应当遵循公正、公开、客观的原则，充分听取各方面的意见。除涉及国家秘密外，听证会一律公开举行。听证过程应当接受社会监督。

《暂行办法》进一步体现了《价格法》保护广大消费者和经营者价格权益的立法宗旨，体现了公开、公平、公正的法治精神，保障了公民对重要商品和服务价格制定的"知情权"和"参与决策权"。

《暂行办法》推动了政府价格管理行政决策机制的创新，对价格决策的科学化、民主化产生了重要的积极作用。

同时，在《暂行办法》公布后，各级价格主管部门还初步建立起药品、水电等政府定价专家审议制度、价格政策的公示制度。

随着价格听证制度的确立，我国价格体制改革又进入一个具有里程碑意义的新阶段。

各地纷纷举行价格听证

2001年12月8日上午，2002年广东省春运公路客运价格听证会在广州隆重召开。

会议共邀请听证代表33名，其中省人大代表2名，省政协委员2名，消费者代表9名，经营者代表7名，政府有关部门代表7名，社会团体代表2名，专家代表4名。

同时，会议还邀请了国家计委、广东省人大常委会、省政府、省政协的有关领导参加了会议。另外，听证会还设立了64个旁听席位。

听证会由广东省物价局陈小川局长主持。

会议开始后，组织方宣布，此次听证会实际到会的听证代表共有31名，符合《政府价格决策听证暂行办法》的规定。

在听证会上，广东省交通厅马振东作为申请人代表，介绍了2002年广东省春运公路客运票价浮动方案。

接着，广东省物价局林副局长向听证会宣读省物价局的初审意见。

然后，作为听证会咨询机构代表，华南理工大学交通学院靳文舟博士，作有关春运公路客运成本调查情况说明。

接下来，广东省交通厅孙民权副厅长作为申请人代表作了陈述意见。

在接下来的辩论中，广东省交通厅认为，运价上浮是现阶段旅客"走得了，走得好"的有效措施之一，春运期间运输企业的经营管理成本平均增加30%左右。

据此，广东省交通厅拟订如下方案：

春运节前第一个5天，全省公路客运运价在现行基价的基础上上浮最高不超过30%；

其余10天，广州、深圳、珠海、惠州、东莞、中山、佛山、顺德、海安港开往各地的公路客运班车运价按现行基价标准最高可上浮80%至90%，其余各地运价最高可上浮60%至70%。

春节后25天，各地之间的公路客运运价按各车型基价标准最高可上浮60%至70%。

在听证会上，代表们思路活跃，发言踊跃，争辩激烈，自然而然地形成了赞成和反对上浮方案的两种对立意见。

当时，很多听证代表对春运价格上浮表示理解或赞成，但对浮动的具体幅度提出不同意见。

部分代表赞成省交通厅的浮动幅度方案，他们提出的理由是：春运成本增加比较多。企业的工作人员比平时付出更多的劳动,要付更多的成本。春运客流单向性明显,如节前从广东开出多,节后回广东的多;初一至初五长途班车少;同一天不同班时差异大,但各班时车需调配到位,即使空车也得开出。如遇政府抽调车,则空载率更高,且政府无补贴。据对119家公路客运企业的调查,2000年的平均成本利润率在8%左右。另外,春运期间,运输企业员工加班加点,无法与家人团聚,经营企业作为社会消费者,也请其他消费者理解他们的苦处。

还有些代表认为:春运利润并非人们想象的那么高,不同的线路,上浮的幅度是不一样的,经营单位也是按市场供求、价值规律来制定价格,不能乱提价。

在听证会上,部分代表提出了新的浮动幅度意见。

有的代表提出,春运公路客运市场竞争不充分,政府应合理控制春运票价上涨幅度。春运客流中低收入者比重大,政府要维护其利益。

政府要从维护消费者利益的角度来制定春运价格政策。如平时东莞—广州—重庆就超过250元,若上涨80%,要500多元,一个来回就1000多元,一个民工要拿出一个多月的工资,因此春运涨价要考虑消费者的承受力。

还有代表提出,春运的最高上浮价格不要超过60%,最好不超过55%;政府应加强对公路客运行业成本的调查和认定;春运涨价要涨得明白、有根据;应允许媒体参与讨论调价方案，进一步提高上浮方案的透明度；采用不同时段不同上浮幅度的办法；价格浮动政策要发挥市场竞争机制，与其他运输方式运价政策相协调等。

更有部分听证代表不赞成价格上浮，他们提出的理由是春运成本没有增加或增加不多，不应上浮。

在充分地听取听证代表意见后，省交通厅提出如下陈述意见：

在确保旅客走得了、走得好的前提下，兼顾消费者、经营者双方利益，尽可能将春运运价工作做得更细一些、公开一些；请各位听证代表和社会各界人士关心监督春运运输秩序，发现问题及时向当地交通主管部门反映、投诉，也可直接向省交通厅反映意见；对听证代表提出的将春运运价申请方案改由交通行业协会提出的意见，交通厅表示赞同。

最后，省物价局认为，在本次听证会上，代表们畅所欲言，表述了意见，提出了许多有价值的建议，为做好2002年春运公路客运价格决策打下了基础。

物价局还表示，欢迎各听证代表和观众在会后7天内继续来电、来信、发电子邮件，提出意见和建议。

省物价局将对听证代表提出的意见，认真考虑和研究，在充分兼顾消费者、经营者利益以及确保春运安全、有序的基础上，按规定程序尽快向省政府上报2002年广东省春运公路客运价格上浮意见，争取12月底前审批并予以公布。

此次广东省公路春运价格听证会，作为一个区域性的听证会，第一次向全国进行现场电视直播。

通过这个听证会的直播，人们看到消费者的知情权和发言权得到真正的落实，看到政府定价具有了公开性、透明度，看到国家的价格制定走向规范化、科学化。

更重要的是，这个区域性的价格听证会无疑具有广泛的示范作用，它意味着国家价格听证制度开始正式全面启动。

就在此次广东的听证会举行后不久，一个更大规模的价格听证会在北京隆重举行了。

2002年1月12日8时30分，全国铁路客运价格听证会在铁道大厦举行。

其中，12名消费者正式代表格外引人注目，他们来自北京、上海、广东、四川、辽宁、新疆、湖北、广西8个省区市，分别代表了公务员、教师、工人、城市外来务工人员等不同群体。

考虑到外来务工人员是铁路客运的重要消费群体，听证会特意安排了4个名额。

新疆生产建设兵团计划委员会的张晓青是两名消费者女代表之一，来自西部的她对能代表全新疆消费者参加听证,"感到很荣幸"。

在听证会前的短短几天内,她不仅广泛听取不同的消费群体的意见,还让新疆消协介绍她到当地铁路部门了解情况。

听证会开始后,作为申请人,铁道部的代表对部分铁路票价实行政府指导价的方案内容进行了介绍。

在介绍中,铁道部的代表还让人播放了前几年春运时列车拥挤不堪的景象。

肩负重任的听证会代表们有备而来,由全国人大常委会委员、人大财经委员会委员吴树青带头,代表们陆续提出了很有分量的质询,并相继坦陈自己的观点。

听证会上,大部分代表对铁路票价实行政府指导价的必要性都表示同意,但对方案的具体内容提出了意见和建议。

一些代表提出质询:春运期间票价上浮究竟是为了弥补铁路的运营成本,还是主要为了"削峰填谷",合理分流旅客?价格上浮是否能够起到"削峰填谷"的作用。

而对春运期间用上浮票价来分流旅客的意见,相当一部分消费者代表表示,应充分考虑低收入阶层经济和心理承受能力。

吴树青等代表提出,春运期间对以打工者为主要乘客群体的硬座价格不上浮,而卧铺可考虑上浮。

国务院发展研究中心研究员陈淮代表提出,软卧可以涨80%到100%;硬卧可以涨40%到60%;硬座则不涨价或少涨价。

中国政法大学教授王卫国代表建议，铁路票价普遍小幅上调，会比在春运期间上浮的效益高得多。

来自国家经贸委经济运行局的代表胡克提出，对部分旅客列车票价实行政府指导价方案，首先要充分考虑广大消费者的利益和承受能力；二要有利于铁路形成运输经营的良性循环；三要有利于扩大内需，促进消费；四要充分发挥市场调节的作用，按照市场规律办事。

尽管听证会从头到尾没有出现"火爆"场面，但观点发表得非常充分。来自上海铁路局的副局长、经营者代表俞光耀感慨地说："今天的听证会不仅仅是价格体制改革这样一个单纯的经济行为，更是对我们管理理念的挑战。"

虽然会议主持人提醒"旁听代表和其他人员请保持安静"，但会场不时传出的热烈掌声多来自旁听席。

与正式代表相比，旁听代表只能听不能说，而且不能享受正式代表"一切费用由国家计委负责"的待遇，路费、食宿费自掏腰包。

尽管如此，消费者仍然踊跃报名旁听。这30名旁听代表由全国消协和中国价格协会在报名者中选取，12人来自北京以外地区，其中包括福建的因电话费维权被评为2001年"全国维护消费者权益十佳代表"的邱建东。

一位旁听代表说，我们不应仅是"听"，还有义务在听证会前后主动倾听民意，了解各方信息，传递给有关方面，做"收集者""反映者"，在普及法制观念方面也要发挥良好作用。

价格听证会虽然不是价格决策会，但是一些代表在发言中，还是充分肯定了价格听证制度标志着我国政府行政决策程序的一大进步，标志着社会主义民主法制建设的一大进步。

通过听证会，让政府、经营者、消费者、有关的专家学者和政府的各个有关方面对部分旅客列车票价实行政府指导价的思路、观点和意见进行了有效沟通，增进了社会各界对铁路工作包括铁路运价情况的了解。

铁路部门则认为，这次听证会的召开对铁道部和铁路运输企业来说，意义重大，影响深远。

随着价格听证制度的发展，我国在很多领域、很多地方举行过多次价格听证会。这些价格听证会的成功举办，使很多价格决策顺应了民意，促进了中国价格体制改革的进一步深入。

垄断行业实行价格改革

2003年7月，国务院办公厅印发了国务院办公厅关于印发《电价改革方案》的通知，通知中说：

> 电价改革要结合各地电力供求情况，因地制宜，因时制宜，稳步推进，既要有利于引导电力投资和建设，促进电力工业改革和正常生产，保证企业生产和居民生活用电需要，又要重视电价改革对宏观经济和人民生活的影响，改革初期要保持电价水平总体稳定，确保新旧电价体制平稳过渡。

其实，电力作为垄断行业，其价格的改革进展较为缓慢，但关于电价改革的启动确实是很早的。

党的十一届三中全会召开后，改革开放的春潮迅速席卷大江南北，人们压抑的精神如同脱缰之马奋蹄狂奔。这种激情旋即反映到经济领域，各种前所未有的"惊人之举"让决策层既看到了"市场"的活力，又感到了"陈规"的制约。

于是，"调整"成了这一个阶段的流行语，对于电价而言同样如此。

与计划经济时代的诸多价格政策一样，改革开放前的电力价格也采用了高度集中的管理体制，其基本特征是：定价权限高度集中，电价体系长期统一，电价水平相对稳定。

然而，随着生产资料价格实行双轨制后，这种电价政策显然已不适应时代的要求了。

于是，对原来目录电价存在的问题进行局部调整被端上了前台。

到1985年，国家取消了改革开放前工业用电的一些优待电价，扭转了新中国成立以来关内地区电价只降不升的局面。

同时，国家还对1976年制定的《力率调整电费办法》进行了修改，颁布了《功率因数调整电费办法》，明确了功率因数的考核标准，改变了奖惩幅度，扩大了实行范围。

1985年，国务院批转了国家经委、国家计委、水利电力部、国家物价局等部门《关于鼓励集资办电和实行多种电价的暂行规定》，允许和鼓励多家办电和多渠道集资办电，并相应出台了还本付息等多种电价政策。

其实，无论是电价结构调整，还是还本付息电价政策出台，本质上都是应急之举，并没有法律依据。

而随着中国社会经济的发展，中国亟须解决电价形成机制和电价的管理机制。

1996年《电力法》的实施，标志着电价管理被纳入法制化轨道，第一次为电价管理提供了法律依据。

1999年，为加快电力市场化改革步伐，根据电力工业的实际情况，国家先后在浙江、山东、上海两省一市和东北三省进行"网厂分开，竞价上网"的改革试点。

基本的做法是，将上网电量分成两部分，一部分实行竞价上网，另一部分仍执行政府定价。

而在实际操作层，"九五"时期，随着电力供求矛盾的缓和，还本付息等多种电价政策弊端显现，改革电价形成机制迫在眉睫。

此时，各方呼声立即转变成政府的实际行动。很快，还本付息电价改为经营期电价。

同时，为了加强电价的规范管理，有关部门还陆续统一了各电网内高低不平的各种电价，以省级电网为单位实行了统一销售电价，建立了较规范的电价管理体系。

在此番改革中，采取的主要措施有：

> 一是出台了关于实行经营期电价的有关规定；二是清理整顿各级政府在电价外加收的基金和收费；三是推行统一销售电价，规范电价管理；四是推进城乡用电同价，切实减轻农民负担；五是运用价格杠杆，调节电力供求。

一切似乎波澜不惊，电价改革取得了重大成功，人们似乎可以松口气了。

然而，以厂网分开、竞价上网为标志的新一轮电力体制改革，又让电价改革成为人们关注的焦点。

根据电力体制改革方案的总体要求，2002年原国家计委组织成立电价改革研究小组，在对国内竞价上网试点地区进行调研和对英国、北欧电力市场考察的基础上，形成了电价改革方案。

2002年12月，改革方案提交国务院电力体制改革工作小组讨论后，很快获得通过。

于是，在这种情况下，国务院办公厅才发布了《关于印发电价改革方案的通知》。

该《通知》明确要求，国家发改委会同有关部门研究制定配套的电价管理办法。

至此，电价改革又进入了一个新时期。

在国务院的推动下，2004年，国家发改委会同有关部门制定并颁发了《上网电价管理暂行办法》《输配电价管理暂行办法》《销售电价管理暂行办法》等3个电价改革配套实施办法。

上述国务院电价改革方案和3个电价暂行管理办法，对推进电力体制改革和电价改革，促进电力工业发展和规范电价管理都产生了积极作用和深远影响。

与此同时，国家还对东北、华东等实行了区域电力市场改革的地区，进行了发电环节竞价上网的市场化改革，并根据国家节能环保的要求出台了差别电价、脱硫电价等节能环保的电价政策。

2004年6月,国家在疏导全国电价矛盾的有关文件中首次提出:

> 对电解铝、铁合金、电石、烧碱、水泥、钢铁等6个高耗能行业,区分淘汰类、限制类、允许和鼓励类企业试行差别电价政策。允许和鼓励类企业用电执行正常电价,限制类和淘汰类企业用电价格在正常电价的基础上每千瓦时提高2分钱和5分钱。

2006年9月,国务院办公厅转发国家发改委《关于完善差别电价政策的意见》,增加了黄磷、锌冶炼两个行业,将限制类和淘汰类加价标准在3年内逐步提高到每千瓦时5分钱与2毛钱。

同时,为了消除地方私自定价,国务院还要求各地禁止自行出台优惠电价措施,已出台的要立即停止执行。

2007年9月,国家发展改革委、财政部、国家电监会印发《关于进一步贯彻落实差别电价政策有关问题的通知》。

《通知》提出将执行差别电价增加的电费收入由上缴中央改为全额上缴地方国库,取消对高耗能企业的优惠电价政策。

差别电价政策的实施遏制了高耗能行业的盲目发展,对于促进结构调整和产业升级,提高能源利用效率,促进经济、环境与资源的协调发展都起到了积极作用。

和行业电价的差价改革不同，电价改革还采取了峰谷、丰枯电价政策。

该项电价改革主要是为发挥价格杠杆调节作用，引导电力合理生产和消费，缓解电力紧张局面。

峰谷电价是根据用户用电需求和电网负荷情况，将每天24小时划分为峰段、平段、谷段3个时段，对各时段分别制定不同电价水平，以鼓励用户削峰填谷，提高电力资源利用效率。

在一些水能资源比较丰富的省份，执行丰枯电价，即根据来水情况分为丰水期、平水期、枯水期，不同时段制定不同电价水平，以提高水资源的利用率，避免弃水浪费。

峰谷、丰枯电价政策的实施，对于削峰填谷、调节需求，提高负荷率，调整用电结构以及减少弃水，减少资源浪费，提高水能利用效率等发挥了重要作用。

2004年5月，国家在东北地区实行区域电力市场改革并模拟运行。

在此次改革中，上网电价实行两部制电价改革，其中容量电价由国家制定，电量电价由市场竞争形成。

2006年，国家正式开始实行竞价上网改革试点。

华东四省一市，包括江苏、浙江、福建、安徽及上海，也于2006年4月1日开始就电力竞价上网进行试运行。

电力竞价上网政策的出台,是电价市场化改革的有益尝试,它改变了以前传统的计划电价和电量的销售模式。电厂不仅可以跨省直接向电网公司报出每台机组的发电量和发电价格,同时也将面临不中标的可能性。

伴随着国家电力体制的改革、电力供应紧张和电力工业高速发展的形势,电价也在陆续进行调整。

2003 年至 2008 年,国家先后 6 次对电价进行了调整。

至 2007 年底,全国平均销售电价约为 0.51 元每千瓦时,发电企业平均上网电价约为每度 0.34 元。

2008 年,两次调整电价后,到当年年底,全国平均销售电价约为每度 0.54 元。

尽管电价改革还存在不少的问题,这些问题既有体制、机制上的,也有政策、执行上的,还有监管上的,但电价的改革毕竟迈出了一定的步伐,并取得了不小的成绩。

随着改革的进一步推进,电价将向越来越合理的方向进一步迈进。

和电价一样,价格改革也向煤炭、电信等垄断行业深入,并逐步建立了基本规范的垄断性行业价格制定、调整制度。

关于对垄断行业的价格改革,可以从中央的一系列文件中看出来。

2004 年 12 月,为理顺煤电价格关系,促进煤炭、电力行业全面、协调、可持续发展，经国务院批准，国家发改委会同电监会印发了关于建立煤电价格联动机制的意见，提出以电煤综合出矿价格为基础，实行煤电价格联动。

2005年12月，国家又下发《关于改革天然气出厂价格形成机制及近期适当提高天然气出厂价格的通知》，改革完善天然气出厂价格形成机制。

2006年3月，国家继续出台石油价格综合配套改革方案。

随着对垄断行业价格改革的进一步深入，我国的价格体制改革开始逐步完善了起来，形成了比较健全的良性运作机制。

本书主要参考资料

《价格改革三十年：1977—2006》成致平著 中国市场出版社

《价格改革二十年回顾与前瞻》汪洋主编 中国计划出版社

《价格改革若干大事聚焦》成致平著 中国物价出版社

《论中国所有制改革》张卓元等著 江苏人民出版社

《垄断性产业价格改革》刘树杰主编 中国计划出版社

《价格改革探索与研究》关盛宏编著 安徽人民出版社

《中国价格改革的逻辑：1978—1998》李慧中著 山西经济出版社

《医疗服务价格的改革取向》宋文舸 阎淑芬著 沈阳出版社

《中国改革全书：1978—1991 价格体制改革卷》马洪 童宛生主编 大连出版社

《资源价格改革：总体思路、推进战略与配套措施》张平主编 中国市场出版社